IO,

POËME EN V CHANTS,

SUIVI

DE POÉSIES FUGITIVES.

IO,

POËME EN V CHANTS,

SUIVI

DE POÉSIES FUGITIVES;

PAR ADOLPHE ROSSOLLIN.

A PARIS,

DE L'IMPRIMERIE DE MICHAUD FRÈRES,

RUE DES BONS-ENFANTS, N°. 34.

M. DCCC. X.

IO,

CHANT PREMIER.

SOMMAIRE

DU CHANT PREMIER.

Cupidon indigné qu'Osiris, amant d'Io, néglige son culte par son invincible timidité, forme le dessein de le faire supplanter par Jupiter, père de ce berger. Il surmonte la résolution du roi des dieux, qui s'était promis de ne plus exciter la jalousie de Junon. L'Amour, Jupiter et Mercure, son confident, à la faveur d'un nuage qui les cache, descendent près de la grotte où soupire Osiris, en attendant Io. Description de la vallée d'Argos. Arrivée de la jeune Io. Mercure, sous la figure d'un vieux pasteur, trompe Osiris qu'il éloigne. Jupiter prend la forme d'Osiris, et s'introduit dans la grotte auprès d'Io.

IO.

CHANT PREMIER.

Je chante Io, cette jeune beauté,
Pour qui jadis, laissant là son tonnerre,
Et dépouillant sa morne gravité,
Le grand Jupin descendit sur la terre.
Je vous dirai que le maître des dieux,
Brave d'ailleurs, craignait un peu sa femme.
Pour éviter le courroux de la dame,
Il déroba sa rivale à ses yeux,

Et sans pitié pour un minois céleste,
A sa bergère il fit un gros museau,
Un front cornu, quatre pieds, et le reste.
Je vous dirai les longs tourments d'Io;
Je vous dirai Junon et sa colère;
Je vous dirai l'affliction d'un père,
Et la disgrâce, et la paternité,
Et les regrets d'un amant supplanté.
Mais permettez qu'avant que je commence
Mon long récit, j'implore du secours:
Ne faut jamais manquer de prévoyance.
Protège-moi, jeune dieu des amours!
Cabale en haut dans le céleste empire,
Pour un mortel qui consacre sa lyre
A tes exploits, et qui t'aima toujours:
Fais qu'Apollon approuve mes discours,
Et que Vénus me flatte d'un sourire.
Et toi surtout, toi, folâtre Momus!

Viens m'enivrer de ton joyeux délire.
Sur l'Hélicon nous ne te voyons plus ;
On te dédaigne ; et puisqu'il faut le dire,
De ton exil, ami, je suis confus :
Pleurer est bon, oui sans doute : mais rire
Vaut mieux (pourvu qu'on n'en étouffe pas).
Viens donc, Momus, et conduis sur tes pas
Les riens légers, la joie aimable et vive,
Et des bons mots la finesse naïve.
Viens : le Français à regret attristé
T'appelle encor sur la double colline :
Il faudrait bien avoir l'humeur chagrine,
Pour préférer les pleurs à la gaîté !

Dans le beau siècle où la Grèce naissante
Au rang des dieux élevait ses héros ;
Où, par retour, les dieux à tout propos
Guidaient chez nous leur paresse inconstante,
Vivait ce roi dont la main bienfaisante (1

Fonda les murs de la fameuse Argos.

Io naquit de ce monarque illustre.
Imaginez à son troisième lustre
Une beauté brillante de fraîcheur :
Imaginez le sourire enchanteur
De l'ingénue et timide innocence;
Un sein de lys, dont l'aimable rondeur
Toujours s'élève, et s'abaisse et s'avance ;
Deux grands yeux noirs, un regard séducteur,
Un pied mignon, une taille légère,
Et vous aurez trait pour trait ma bergère.
Son air naïf et son port gracieux
Troublent les cœurs, ravissent tous les yeux ;
Elle vous plaît sans songer à vous plaire ;
Elle est remplie et de grâce et d'appas ;
Elle est charmante, et ne s'en doute pas.

Le roi d'Argos était un pauvre sire :
Il n'avait point ces palais qu'on admire,

Cet appareil d'une pompeuse cour ;
Il gouvernait sans fraças son empire,
Et labourait à peu près tout le jour.
Un tel monarque à présent ferait rire ;
Mais tel était de ces Messieurs le train ;
Et dans ce temps, bien différent du nôtre,
On rencontrait souvent un souverain
Qui s'en allait le sceptre d'une main,
Et sans façon une bèche de l'autre.
On aimait lors les rustiques travaux.
Sire Inachus, selon cette méthode,
Voulant qu'Io suivît aussi la mode,
Lui confia le soin de ses troupeaux ;
Et chaque jour, dans un gras pâturage,
Où murmuraient dix ruisseaux vagabonds,
Que mille ormeaux couvraient de leur ombrage,
L'aimable Io conduisait ses moutons,
Son chien fidèle et ses génisses grasses,

Et ses attraits, et sa douce candeur,
Et ses beaux yeux, et puis toutes ses grâces,
Et les soupirs d'un jeune et tendre cœur.
Oui, mes amis, sachez qu'Io soupire.
Pour qui? Ma foi, je suis un peu bavard,
Et je me sens en train de tout vous dire.
Un jeune prince au timide regard,
Au doux maintien, au gracieux sourire,
Berger, amant, fit naître son martyre.
Il avait nom Osiris. En passant,
Maître Jupin, n'ayant pas mieux à faire,
A Niobé fit jadis cet enfant.
Maître Jupin fut toujours fort galant;
Mais son cher fils ne lui ressembla guère,
Il fut timide, et timide à l'excès :
Funeste entrave aux amoureux succès,
Vice du sot, fléau de la tendresse,
Et qu'en secret maudit une maîtresse.

L'Amour surtout abhorre les langueurs :
Ce jeune dieu s'était promis d'avance
Du couple heureux les hommages flatteurs ;
Mais Osiris trahit son espérance.
En vain, caché sous l'ombrage des bois,
Le dieu sans cesse épuise son carquois ;
En vain Io, qu'embellit le sourire,
Au sein des fleurs, sous le feuillage épais,
Offre à ses yeux de timides attraits :
Ce triste amant la contemple et soupire,
Brûle, et résiste à ses désirs secrets.
« Non, dit l'Amour dans son impatience,
» Si tant de soins et de persévérance
» N'ont pu soumettre un mortel insensé ;
» Si tant d'attraits demeurent sans puissance ;
» De ces beaux lieux s'il combat l'influence,
» N'espérons plus de m'en voir encensé ;
» Abandonnons un vain projet de gloire ;

» Et cependant, pour prix de sa victoire,
» De ses respects, de ses soins éternels,
» Que dans l'instant sa crédule maîtresse,
» D'un dieu rival couronne la tendresse :
» Touchons le cœur du roi des immortels;
» Que Jupiter répare mon insulte;
» Qu'un père même, au pied de mes autels,
» Punisse un fils du mépris de mon culte. »
Il dit; et sûr de vaincre cette fois,
Il prend son arc, ses flèches, son carquois.
L'heureux triomphe où son audace aspire
Peint la fierté sur son front plus serein;
Il s'applaudit de son hardi dessein,
Et le courroux a fait place au sourire.
Dans le réduit où le couple soupire
Le jeune dieu lance un regard malin,
Sur Osiris, et ses yeux semblent dire :
« Amants! suivez ou craignez mon empire! »

Il part soudain. Aussi prompt que l'éclair,
Son vol léger fend les plaines de l'air.
Des immortels il atteint la demeure,
Et s'arrêtant auprès de Jupiter,
Lui dit tout bas: « Viens, suis-moi tout à l'heure:
» Une beauté va par mes soins heureux
» S'abandonner à ta brûlante ivresse.
» Jamais objet plus digne de tendresse
» Ne fut offert à ton cœur amoureux. »
  Le bon Jupin, ami de la paresse,
Et sur son trône assis fort gravement,
Tousse, s'apprête, et répond sensément:
« J'ai trop couru de maîtresse en maîtresse,
» Je veux enfin vivre plus sagement.
» Vous le savez, le monde est si méchant!
» On blâmerait mon indigne faiblesse.
» Allez, Amour! les gens de mon état
» Doivent agir avec plus de noblesse,

» Et de leur rang soutenir mieux l'éclat. »
Le petit dieu, pour toute répartie,
Lève son arc, et lance au raisonneur
Un trait aigu qui l'atteint droit au cœur.
Hélas! Jupin sent son ame attendrie;
Il s'abandonne à son charmant vainqueur;
Soumis, il part. Il met un soin extrême
A se cacher de la fière Junon:
« Elle est grondeuse et n'entend pas raison;
« Fuyons sans bruit, dit-il; car mon systême
» Est d'assurer la paix dans la maison. »
Faut-il qu'un dieu si tranquille, si bon,
Vienne échouer dans ce vain stratagême!
Le front ridé, l'œil ouvert au soupçon,
Junon jalouse épiait sa conduite.
Au dieu Mercure, utile confident,
En vain Jupin, qui l'appelle à sa suite,
Ne fait qu'un signe et secret et prudent:

En vain ses soins, pour cacher cette fuite,
Ont d'un nuage emprunté le secours :
Junon voit tout ; et le dieu des amours,
Ses pas furtifs, son départ, tout décèle
Les nouveaux feux d'un époux infidèle.
A son dépit donnant un libre cours,
Elle l'exhale en impuissants discours.
Partout ses cris ont répandu la crainte.
L'Olympe immense en ses nombreux détours
Répète au loin sa douloureuse plainte,
Et lui répond en mugissements sourds.
Tel sur les monts le tonnerre qui gronde,
Réveille Écho dans sa grotte profonde ;
Décroît, prolonge un roulement lointain,
Et faible, expire en murmure incertain.

Mais cependant, assis sur leur nuage,
Le roi des dieux, et Mercure et l'Amour,
Non loin d'Argos ont fixé leur voyage :

Ils sont rendus aux lieux où chaque jour
Un couple en vain vient soupirer sa peine,
Paître ses bœufs et resserrer sa chaîne.
Souffrez, lecteur, qu'ils reprennent haleine,
Et parcourez avec moi ce séjour.

C'est un vallon riant, frais et tranquille,
Où la nature, épuisant ses faveurs,
Aux voluptés semble offrir un asyle.
Deux longs coteaux dont la pente facile
Est couronnée et de fruits et de fleurs,
Forment le tour de son enceinte heureuse;
Et, variant sa marche sinueuse,
Un fleuve pur y promène ses flots :
Tantôt, rapide, il fuit sous des berceaux;
Tantôt, plus lent, s'épanche dans la plaine,
Déploie au loin toute sa majesté;
Ou, serpentant avec légèreté
En vingt ruisseaux dispersés sur l'arêne,

Baigne les fleurs d'un bosquet enchanté.
Au bord du fleuve est un gras pâturage.
Plus loin, le cèdre élevé jusqu'aux cieux,
L'ormeau touffu, l'érable ambitieux,
Aux feux du jour opposent leur ombrage ;
Et dans ce bois sombre et silencieux,
L'oiseau léger module un doux ramage.
Vers le milieu de ce charmant bocage,
Et sur le flanc de l'un de ses coteaux,
Est un rocher couronné de rameaux,
Dont le contour, à l'aide du feuillage,
Décrit en voûte une grotte sauvage.
Le dieu des bois, sous un ombrage épais
A tous les yeux cache cette retraite ;
Et dans l'enceinte un gazon toujours frais
Offre aux amours un lit de violette.
Les fleurs, les fruits naissent de toutes parts.
Au haut du chêne où s'enlace la treille,

Est suspendue une grappe vermeille;
Et le jasmin sur des rameaux épars
Sème sans ordre une fleur argentée.
Là, s'arrondit la pêche veloutée;
Là, l'olivier présente un fruit amer
Qui charmera les banquets de l'hiver;
Plus loin, mûrit la figue succulente,
Doux aliment des habitants de l'air;
Ici, paraît la pomme d'Atalante:
Son poids entraîne une tige odorante,
Où l'œil admire une triple couleur.
Au sein des bois cette grotte fleurie
Domine ainsi le fleuve et la prairie,
Et montre au loin leur aspect enchanteur.
   Tels sont les lieux témoins de la tendresse
Et des respects du timide Osiris;
Tels sont les lieux où Jupin de son fils
Vient abuser la naïve maîtresse.

D'un long trajet les immortels remis,
Le jeune Amour, qui préside au voyage,
Va se blottir, avec les autres dieux,
Près de la grotte et sous l'épais feuillage.
Il congédie aussitôt le nuage,
Qui prend son vol vers la voûte des cieux.
Osiris seul dans la verte cellule
Était alors. Jupin, qui voit son fils,
De le tromper témoigne du scrupule;
Mais dissipant sa crainte ridicule,
Io paraît à ses regards surpris.
Déjà le dieu soupire de tendresse :
Qui peut la voir et n'être point ému!
Simple, sans art, sur son front ingénu
Est la candeur et l'aimable jeunesse;
Son sein, que l'âge accroît de jour en jour,
A demi-nu, semble inviter l'Amour;
Sa bouche fraîche est ouverte au sourire;

Et vain jouet de l'aile de Zéphire,
Le lin flottant jeté sur ses appas
Indique à l'œil leurs contours délicats.
Guide chéri de son troupeau fidèle,
L'aimable Io le devance et l'appelle ;
Les bœufs pesants s'attachent à ses pas,
Et les agneaux bondissent autour d'elle.
Elle abandonne aussitôt son troupeau
Qui se disperse au loin dans la prairie,
Et vient revoir, sur le riant coteau,
Et son amant et la grotte fleurie.

Tant de beauté, de grâce, de candeur,
De Jupiter ont enflammé le cœur.
« Amour, dit-il, livre-moi cette belle. »
Le jeune dieu, rempli d'un nouveau zèle,
Dispose tout. A ses ordres fidèle,
D'un vieux pasteur, habitant du canton,
Mercure emprunte et la mine et le ton;

Et s'approchant, sous sa forme trompeuse,
Des deux amants, sa voix insidieuse
Vient par ces mots éloigner Osiris :
« Sors, hâte-toi : du haut de la montagne
» J'ai vu s'enfuir une de tes brebis
» Qui, s'égarant, erre dans la campagne.
» Cours sur ses pas : elle a pris ce chemin. »
Osiris sort et s'éloigne. Jupin
Change à son tour et d'habit et d'allure;
Il a déjà de ce même Osiris
Les cheveux blonds, le modeste souris,
Son teint, sa voix, son aimable figure.
Dans l'antre vert bientôt il s'introduit;
Il voit d'Io les grâces ingénues.
Mercure, Amour, gardent les avenues,
Et font la ronde autour de ce réduit.
Pour nous, tandis que son bonheur s'apprête,
A l'imiter appliquons tous nos soins;.

Et cependant, fuyons ce tête à tête :
La volupté n'aime pas les témoins.

FIN DU PREMIER CHANT.

IO,

CHANT DEUXIÈME.

SOMMAIRE

DU CHANT DEUXIÈME.

Junon voulant troubler les plaisirs de son infidèle époux, suscite une pluie horrible. Après avoir tenté en vain d'en garantir Io et lui-même, le faux Osiris perd patience, et lance un tonnerre à Junon dans la nue. Junon se trouble, et fait cesser l'orage. Étonnement d'Io. Elle apprend qu'elle a été trompée. Les dieux la consolent et remontent dans l'Olympe. Retour d'Osiris. Départ des deux amants pour Argos.

IO.

CHANT DEUXIÈME.

Oui, je l'ai dit et le répète encore :
Rien de plus sot que ce vain sentiment
Qui par la crainte enchaîne un faible amant,
Et fait languir l'amante qui l'adore.
Mais distinguons : si la timidité
Dépare un homme, elle orne la beauté.
Quelle céleste et pure volupté,
Lorsqu'à regret une craintive amante
A nos baisers cède une main tremblante ;

Lorsque étouffant les soupirs de son cœur,
Le front couvert d'une aimable rougeur,
Les yeux baissés, la voix mal assurée,
De nos transports elle combat l'ardeur;
Lorsqu'en nos bras cette amante adorée
Désire et craint le moment du bonheur,
Et qu'enfin même, à tous nos feux livrée,
Elle défend un reste de pudeur!
Mais consumé d'une flamme éternelle,
Qu'un Céladon, humble auprès de sa belle,
Soupire en vain sa stérile langueur;
Que même, aidé du regard le plus tendre,
Désirant tout, n'osant rien entreprendre,
D'un triste hommage il accable sans fin
Un jeune objet qui, las de se défendre,
Semble promettre un pardon au larcin:
Voilà l'abus que réprouve Cythère;
Et d'un tel joug l'esclave volontaire,

En vain espoir usant tous ses désirs,
Livre aux ennuis des jours dus aux plaisirs.
Jeunes amants, fuyez ce ridicule;
Sachez combattre un dangereux scrupule
Toujours suivi de peine et de regrets;
Craignez l'Amour et ses piéges secrets;
Craignez le sort de cet amant crédule
Qui loin d'Io précipitant ses pas,
A son rival a livré tant d'appas!
C'est pour autrui qu'il enflamma sa belle.
Un dieu trompeur, un plus adroit amant
A terminé son intrigue éternelle,
Et sous ses traits parvint au dénoûment.
Mais trahit-on sa femme impunément?
Jupin volage expîra son offense.
Contre ce dieu, contre son inconstance,
Vous avez vu Junon se déchaîner.
A de vains cris cessant de se borner,

Elle médite une prompte vengeance.
Elle descend au royaume des vents :
« Éole ! ô toi dont la toute-puissance,
» Aux champs de l'air ouverts à tes agents,
» Fait, comme on dit, la pluie et le beau temps,
» Venge Junon de l'affront qu'elle essuie :
» Que par tes soins les Autans nébuleux
» D'un voile sombre enveloppant les cieux,
» Inondent tout d'affreux torrents de pluie.
» Oui, que sans choix des peuples ni des lieux,
» La terre entière éprouve un long orage.
» J'ignore, hélas ! en quels lieux on m'outrage,
» Mais proscrivons tous les climats divers :
» C'est le plus sûr; livre tout au ravage ;
» Et puisses-tu, pour couronner l'ouvrage,
» Noyer un traître en noyant l'univers ! »
 Elle se tait ; et le roi d'Éolie
A ri tout bas de sa vive sortie.

Il lui promet toutefois d'obéir.
Junon, que flatte une telle promesse,
Du haut des airs veut la voir s'accomplir :
Elle s'élève au-dessus de la Grèce;
De là ses yeux pourront tout découvrir :
Et cet empire est au centre du monde.

Le roi des vents, dans leur grotte profonde
Descend soudain. La troupe vagabonde
A son aspect s'agite dans ses fers ;
Ils brûlent tous de voler dans les airs.
De l'Aquilon la fougue impatiente
Voudrait déjà ramener les hivers :
L'affreux Borée et siffle et se tourmente :
Le doux Zéphyr, d'une voix suppliante
Dit que Cybèle, et Flore, et les Amours,
Ont imploré sa fraîcheur bienfaisante :
Ils perdent tous leurs vœux et leurs discours.
Le seul Auster est sorti d'esclavage :

Humide chef des humides Autans,
Les pleurs sans cesse inondent son visage ;
Ses longs cheveux sont toujours ruisselants.
Lourd, bouffi, pâle, il montre un ventre énoı
Des eaux du ciel éternel réservoir.
Ses bras sont courts, et sa masse difforme,
D'ailes pourvue, a peine à se mouvoir.
Bientôt il part ; d'une course incertaine
Péniblement il traverse les mers,
Et va s'asseoir sur la rive africaine.
Là, sans relâche exerçant son haleine,
Son souffle impur élève dans les airs
L'obscur amas des humides nuages.
Sur les coteaux descendent les orages.
Un jour plus sombre éclaire l'univers.
Soudain les flots s'échappent de la nue ;
Les bois, les monts dérobés à la vue,
Sont confondus sous le brouillard des eaux.

Précipités du sommet des coteaux,
Des noirs torrents l'impétueuse rage
Entraîne tout, arbres, rochers, troupeaux.
Du laboureur les pénibles travaux
Sont ravagés; et ce funeste orage
N'a d'autre but que de mouiller un dos.
Deux cependant reçoivent ce déluge:
D'un arbre à l'autre Osiris dans les champs
Courait toujours, cherchant un vain refuge.
L'eau ruisselait sur tous ses vêtements.
Ainsi, tandis que ce berger se tue
Et cherche en vain dans les bois d'alentour
Une brebis qu'il n'a jamais perdue;
Tandis qu'il perd, et qu'il perd sans retour
Ce doux trésor d'une amante ingénue,
Ce bien sans prix, ce Phénix de l'amour
Que la beauté, moins sincère que tendre,
Fait si souvent renaître de sa cendre,

Dans ce temps, dis-je, un orage imprévu
Verse ses flots sur son corps morfondu.
« Ah! disait-il, une fidèle amante
» Ajoute encore à mes regrets amers :
» Si le tonnerre éclatait dans les airs,
» Seule, craintive, une horrible épouvante
» Viendrait glacer et son cœur et ses sens.
» D'un fils qui t'aime écoute les accents,
» O Jupiter! protège Io tremblante ;
» Retiens captif dans tes terribles mains
» Ce foudre ardent, juste effroi des humains ;
» Rassure-la ; je paîrai ce service
» De trois béliers offerts en sacrifice. »
Ce pauvre amant était loin de penser
Que Jupiter, prévenant sa prière,
Entre ses bras rassurait la bergère :
Ses soins actifs ne pouvaient se lasser.
Un fils l'implore, il le faut exaucer :

Voyez pourtant ce que c'est qu'un bon père !
Quant à la foudre, il avait trop à faire
Pour s'amuser alors à la lancer.
Ce jour pour lui fut un jour de fatigue :
Il dut d'abord, pour cacher son intrigue,
Comme Osiris soupirer longuement ;
Puis, il convint que le nouvel amant
Fît connaissance avec sa bien-aimée.
Long-temps d'Io la pudeur alarmée,
Du dieu trompeur suspendit les plaisirs ;
Vaincue enfin, par l'Amour enflammée,
Elle cédait à ses brûlants désirs,
Quand de Junon la subite vengeance
Vint par malheur troubler leur jouissance.
Il fut alors dans un autre embarras :
L'asyle étroit témoin de leurs ébats,
De maints côtés couvert du seul feuillage,
N'offrait qu'un creux à l'abri de l'orage.

Le dieu galant ne délibère pas,
Et dans ce coin fait placer sa maîtresse.
Oh! Jupiter connaît la politesse!
Poliment donc il se mouillait le dos,
En attendant qu'il plût à son épouse
De lui laisser reprendre ses travaux;
Mais de Junon la rancune jalouse
Se plaisait trop au ravage des eaux.
Io disait, tout émue et tremblante:
« Cher Osiris! ah! sans doute nos feux
» Ont excité la colère des dieux.
» Je crains ton père et sa foudre éclatante.
» — Rassure-toi, répart le dieu malin;
» Il ne saurait nous foudroyer; il m'aime,
» Et mon bonheur est le sien. De Jupin
» Je te réponds tout comme de moi-même. »
Les eaux du ciel, pendant ces beaux discours,
Avec fureur précipitaient leur cours;

Et Jupiter, la colère dans l'ame,
Entre ses dents pestait contre sa femme,
Qui triomphait et l'inondait toujours.
Enfin, du dieu l'humeur impatiente
Va lui jouer un tour de son métier :
Il laisse là son rôle et son amante,
Sort de la grotte avec un air guerrier,
En murmurant d'un roc voisin s'approche,
Grimpe au sommet, et, debout sur la roche,
S'arme d'un foudre et le lance à Junon.
(Toujours Jupin eut la précaution
De se munir de quelque bon tonnerre).
Celui-ci, loin de la route ordinaire,
S'élève, roule, éclate dans les cieux.
Pleine d'effroi, la maîtresse des dieux
Vit que ceci passait la raillerie.
Sa peur s'accrut lorsque, plein de furie,
Le cher époux à son avant-propos

Fit succéder ces énergiques mots :
« Holà ! holà ! madame l'Immortelle !
» Vous plaira-t-il nous laisser en repos ?
» Quand finira votre pluie éternelle ?
» Vous vous raillez aux dépens de vos os :
» Rappelez-vous la piteuse figure
» Que vous faisiez dans cette conjoncture
» Où dans les airs tristement vous pendiez,
» Les mains au dos, deux enclumes aux pieds.
» Si vous allez plus long-temps vous ébattre,
» Au lieu de deux, cette fois j'en mets quatre,
» Et je vous donne après la question. »
Sur ce discours, la prudente Junon,
Guidant son vol aux africains rivages,
De son souffleur fait cesser les ravages.
Le gros Auster, qui mit dans son cerveau
Le beau projet d'un déluge nouveau,
Fuit, et du sexe accuse l'inconstance.

Bientôt Zéphyre au sein de l'air s'élance,
Chasse la nue, et le temps est au beau.
Junon conçoit un espoir de vengeance :
Grâce à la foudre, et grâce à son époux
Dont la colère a trahi la prudence,
Elle connaît le lieu du rendez-vous.
« Malheur à toi, trop indigne rivale !
» Dit-elle alors ; je te serai fatale !
» Crains ma puissance et mon juste courroux !
Et cependant surprise, confondue,
Io n'osait se fier à sa vue :
C'est Osiris ! mais quel événement !
Elle l'a vu s'éloigner brusquement,
Soudain la foudre éclate à côté d'elle ;
Elle frémit, sort au même moment,
Et sur un roc elle voit son amant
Gourmandant . . . qui ? madame l'Immortelle !
« Avec les dieux le prend-il sur ce ton ?

» Dit la bergère. Ou je suis fort trompée,
» Ou mon amant a perdu la raison. »
Jupin vit bien qu'après son équipée
L'incognito n'était plus de saison.
Io se trouble : aux yeux de cette belle,
Quittant soudain la forme d'Osiris,
Le dieu reprend sa figure immortelle.
Sa taille croît, tous ses traits sont grossis;
Ses cheveux blonds à l'instant sont noircis;
Plus sérieux, son regard étincelle,
Son front se ride, et sa barbe éternelle;
Couvre son sein de ses poils épaissis.
Jupin voudrait, sous sa forme nouvelle,
D'un air farouche embellir son maintien;
Mais la contrainte est un faible moyen:
Et malgré lui sa physionomie
Conserve encor un air de bonhomie.
Tout se découvre; et d'un perfide tour

Le roi des dieux vient d'accuser l'Amour;
L'Amour, d'Io vient d'accuser les charmes.
Io rougit, elle verse des larmes :
Par leur prière et leur péroraison
Les dieux bientôt calmeront ses alarmes;
Jupin, Mercure, à rendre enfin les armes
L'ont disposée; et l'adroit Cupidon
Prêcha si bien, qu'elle fut convertie;
En peu d'instants le dieu de la folie
A sa vertu fit entendre raison,
Et Jupiter eut alors son pardon.
Ainsi d'Io succomba l'innocence :
Que pouvait-elle? elle n'eut pour défense
Que sa pudeur, que combattaient trois dieux :
Quels dieux encor! celui dont la puissance
Peut renverser et la terre et les cieux,
Le dieu rusé qui créa l'éloquence,
Et, c'est tout dire enfin, le dieu d'Amour!

Considérez aussi par quel détour,
Par quelle ruse on sut triompher d'elle !
En faut-il plus pour vaincre une mortelle ?
Prêt à rentrer dans le séjour des dieux,
L'heureux Jupin obtint de sa maîtresse
Un bracelet formé de ses cheveux;
Présent bien cher, mais funeste à tous deux,
Et qui bientôt doit trahir leur tendresse.
Mercure enfin vole aux champs de l'éther;
Bientôt après il revient sur ses traces :
Pour Cupidon, pour lui, pour Jupiter,
Il amenait un nuage à trois places.
Ils vont partir : le nuage pompeux
Quitte la terre, enlève les trois dieux.
Toute surprise à ce nouveau prodige,
La jeune Io pense qu'un long prestige,
Un songe vain vient abuser ses yeux;
Et ses regards suivaient encor la nue,

Que dès long-temps elle était disparue.
Les dieux ainsi sont portés dans les cieux.
Tels s'élevant au-dessus de nos têtes,
Les Garnerin, les Blanchard, les Rosier,
Fiers successeurs du hardi Montgolfier,
Guident leur vol au séjour des tempêtes.
Nouveaux géants, des palais éternels
Sans doute ils ont médité la conquête;
Mais pour leur crime un châtiment s'apprête:
Le bras puissant des jaloux Immortels
Avec fureur souvent les précipite;
Et les géants et leurs vœux criminels
Du haut des cieux sont plongés au Cocyte.

Tandis qu'en l'air la fille d'Inachus
Cherche la nue et ne l'aperçoit plus,
A ses regards Osiris se présente:
Tout inondé, pénétré jusqu'aux os,
Son air est triste, et sa marche est traînante;

Ses vêtements sont collés sur son dos.
A cet aspect, à l'air d'inquiétude,
A la pénible et comique attitude
De cet amant, au souvenir du tour
Que lui joua le dieu malin d'Amour,
Io fut prête à s'éclater de rire ;
Mais tout à coup un tendre sentiment
Parle à son cœur en faveur d'un amant.
Ce cœur l'adore ; elle s'émeut, soupire,
Et se reproche une infidèle ardeur,
Et ses beaux yeux enfin versent des larmes.
Qui d'Osiris n'envîrait le bonheur?
Jupin d'Io peut posséder les charmes,
Mais Osiris possède seul son cœur.

Nos deux amants se content leurs alarmes,
Plaignent leurs maux, sont tous deux attendris,
Sèchent leurs pleurs, ainsi que leurs habits,
Et sont tout prêts à regagner la ville.

L'astre du jour penchait vers son déclin;
Et de la nuit la courrière tranquille
Était à peine un éclat incertain.
De l'Orient l'azur était plus sombre;
Les monts couvraient la plaine de leur ombre :
Au sein des mers, Phébus, près de cacher
Ce front où brille une clarté féconde,
D'un doux repos donnait l'exemple au monde,
Et semblait dire : « Homme ! va te coucher. »
Alors on part. De sa frayeur mortelle
Io long-temps entretint son ami;
Mais de Jupin la petite infidèle
Ne parla point, sans doute par oubli.
Elle est déjà dans Argos; et son père
Tient dans ses bras cette fille si chère,
Et s'applaudit de ses rares vertus.
Infortuné ! tu ne goûteras plus
Cette tranquille et pure jouissance :

Ta jeune fille a perdu l'innocence.
Dans son courroux, une divinité
Va dévoiler la triste vérité ;
Ta fille, en proie à toute sa vengeance,
Du sort cruel épuisera les traits ;
Même à tes yeux, Io méconnaissable,
D'un quadrupède empruntant tous les traits,
Sous un long poil cachera ses attraits ;
Et, dédaignant ton palais et ta table,
Ira souper et coucher à l'étable.

FIN DU DEUXIÈME CHANT.

IO,

CHANT TROISIÈME.

SOMMAIRE

DU CHANT TROISIÈME.

À son retour auprès de sa femme, Jupin est mis par elle à une épreuve pénible ; il échoue. Fureur de Junon. Elle descend aux lieux d'où Jupiter lui avait lancé la foudre, et par un stratagème arrache le secret de la crédule Io. Terreur de celle-ci. Junon la dénonce à son père Inachus. Le roi d'Argos, qui soupçonne Osiris, lui découvre l'infidélité d'Io. Désespoir d'Osiris. Il implore son père. A sa voix, Jupiter descend de l'Olympe. Métamorphose d'Io en génisse.

IO.

CHANT TROISIÈME.

La nuit régnait ; et la terre, et les mers,
Le vaste Olympe et les sombres enfers
Étaient plongés dans un profond silence.
Diane, en paix roulant au sein des airs,
En parcourait la solitude immense,
Et le sommeil planait sur l'univers.
Tout s'assoupit, tout cède à sa puissance.
Chez les mortels, livrés au doux repos,
Le berger dort auprès de ses troupeaux ;

Un songe aimable offre à mainte bergère
De son amant l'image mensongère ;
Et moins heureux, le laboureur lassé
Roufle non loin d'un âne harassé.
Des noirs enfers les supplices terribles
Sont suspendus : l'Euménide s'endort
A la lueur de ses flambeaux de mort ;
Cerbère a clos ses trois gueules horribles,
Et les Échos, de moment en moment,
Perdent les sons de son triple aboîment.
Tout dort aussi dans le céleste empire :
Sur les genoux de la belle Cypris
Nonchalamment s'est étendu son fils :
Un malin rêve excite son sourire.
Ici, le dieu qui préside aux combats,
Le glaive en main, couvert de son armure,
En sommeillant renfrogne sa figure,
Et pour frapper semble lever le bras.

Environné de flacons et de verres,
Plus loin, Bacchus, au visage vermeil,
Cuve son vin dans les bras du Sommeil;
Et Jupin dort sur un lit de tonnerres.
Tout du repos savoure les douceurs.
Mais Junon veille : et ses desseins vengeurs
Ont repoussé les pavots de Morphée.
Pour un moment, sa colère étouffée
N'éclata point aux yeux de son époux;
Elle voulut, sous un air moins farouche,
Lui déguiser un trop juste courroux;
Et, le flattant par l'accueil le plus doux,
Pour l'éprouver l'appela dans sa couche.
Quel fut alors, Jupin, ton embarras!
Après Io, l'Amour et son ouvrage,
Comment encor rallumer ton courage?
Mais cependant, ne se rebutant pas:
« Eh quoi! dit-il, rempli de confiance,

» Le roi des dieux, le roi de l'univers,
» Pourrait manquer de force et de puissance?
» Est-ce à Jupin de craindre les revers?
» J'en conviendrai; malgré ma complaisance,
» L'Hymen ce soir me paraît exigeant;
» Je n'ai pour lui nul goût, en conscience;
» Mais l'appétit, dit-on, vient en mangeant:
» L'honneur m'appelle, exerçons ma vaillance. »
O Jupiter! arrête! une imprudence
Va t'exposer au sort le plus fâcheux.
Arrête, hélas! le zèle qui t'entraîne
Sans doute est beau, mais trop ambitieux;
L'Amour t'aveugle, et ta honte est certaine.
Conseils perdus! il ne m'écoute pas;
Junon l'attend, le voilà dans ses bras!

Vous avez vu quelquefois au village
Un laboureur conduire à l'abreuvoir
Son cher baudet, qui, sans soif, sans courage,

Reste immobile auprès du réservoir:
Le bon manant en vain siffle, l'excite;
En vain aussi l'onde pure l'invite:
Insouciant, l'âne regarde l'eau,
Et ne saurait y tremper le museau:
Enfin, après maint effort inutile,
Désespérant d'en tirer nul parti,
Le conducteur le guide en son asyle,
Et l'âne arrive ainsi qu'il est parti.
Tel Jupiter que ce manant indique....
Telle Junon qu'indique l'abreuvoir....
Tel.... sur ma foi, j'ai perdu tout espoir
De vous montrer comment cela s'explique:
Ma Muse est chaste, et de ce mauvais pas
Elle ne peut se tirer avec grâce.
Mes chers amis, daignez me faire grâce,
Et deviner ce que je ne dis pas.

Jugez, après cette belle aventure,

Si nos époux firent triste figure!
Jupin penaud s'excuse gauchement,
Et puis rougit, puis s'en va tristement.
Les bras tendus et muette de rage,
Long-temps Junon reste sans mouvement,
Délibérant, pour venger son outrage,
S'il faut au traître arracher les deux yeux,
Ou le tuer; mais son cœur plus tranquille,
Bientôt rejette un dessein hasardeux:
Tuer un dieu n'est pas chose facile.
« J'ai vu, dit-elle, un tissu de cheveux
» Ceindre son bras; ce présent odieux
» Pourra m'aider à trouver ma rivale;
» Il faut l'avoir. » La déesse fatale
Entend déjà le perfide ronfler:
L'Olympe entier paraît s'en ébranler.
Elle aussitôt, conduite par la haine,
Pour enlever le tissu de son bras,

Non sans effroi s'approche pas à pas.
Sur le parquet son pied se pose à peine :
Vers le dormeur, retenant son haleine,
Elle se penche, elle avance la main...
Lorsque avec bruit se retourne Jupin.
Junon pâlit, de terreur immobile ;
Mais ce n'est rien : l'époux dort de bon cœur,
Et la déesse a ri de sa frayeur.
Elle poursuit, et d'une main habile
Détache enfin les perfides cheveux.
Elle les tient : leur aspect odieux
Échauffe encor son immortelle bile;
Impatiente, elle accuse la Nuit
De retarder trop long-temps sa vengeance,
Et de son vol accuse l'indolence :
La Nuit l'entend, se hâte, et le jour luit.
    Alors Junon prend son vol vers la terre ;
Elle parvient au sein de ces vallons

D'où Jupiter lui lança son tonnerre.
Son œil avide observe aux environs;
Elle va, vient, court, s'arrête; et terrible,
Cherche en grondant, sa rivale paisible.
Tel dans son vol si le cruel vautour
Entend la plainte et les soupirs d'amour
D'une colombe expirante d'ivresse,
Pour l'immoler à la faim qui le presse,
Sur le bosquet le sanguinaire oiseau
Soudain s'abat; sur ses pieds il se dresse;
Son œil parcourt la plaine et le coteau,
Il tourne, il cherche, et dit d'une voix rauque:
« Parais, ma proie, afin que je te croque. »
Telle Junon cherchait la pauvre Io.

Elle parut: cette jeune innocente,
Douce, timide ainsi que ses agneaux,
Dans le vallon ramenait ses troupeaux.
Ses traits divins, sa grâce séduisante,

Sa modestie et cet air de candeur
Dont Jupiter fut toujours amateur;
Ses yeux battus, sa démarche pénible,
D'un mal caché témoignage visible;
Ses cheveux noirs que la fière Junon
A comparés à son échantillon,
Tout la trahit. « Allons, dit l'Immortelle,
» Abusons-la : que Junon à ses yeux
» Devienne Iris, la courrière des dieux;
» Et par ma ruse à l'instant sachons d'elle
» Quel est son nom, son père, son pays.
» Puis aussitôt, quand j'aurai tout appris,
» Donnons l'essor à ma haine éternelle. »
Junon s'éclipse, et de la jeune Iris
Offre les traits et la taille légère,
Son regard vif, son teint frais et vermeil.
D'un blanc nuage où les feux du soleil
En vingt couleurs font jaillir la lumière,

L'Iris nouvelle emprunte l'appareil,
Elle fend l'air ; auprès de la bergère
Que son aspect saisit d'étonnement,
Elle a fixé son vol resplendissant ;
Elle la voit, l'observe, et dit : « C'est elle,
» — Oui-dà, c'est moi : mes traits vous sont connus?
» — N'êtes-vous pas..? — Tout justement, mam'zelle,
» Je suis Io, la fille d'Inachus,
» Du roi d'Argos. — Parlez, jeune mortelle,
» Connaissez-vous le tissu que voici ?
» Vous rougissez, vous tremblez. Tout ceci
» Va, dans l'instant, cesser de vous surprendre :
» Je suis Iris, messagère des dieux ;
» Et Jupiter m'ordonne de me rendre
» Auprès de vous, pour savoir dans quels lieux
» Il peut s'offrir en ce jour à vos yeux.
» C'est pour aider ma recherche incertaine,
» C'est pour qu'Iris vous convainquît sans peine,

» Qu'il m'a commis ce dépôt précieux.
» — Fort bien, Iris. Mais j'ai de la prudence :
» Si vous n'aviez présenté ces cheveux,
» Vous n'eussiez point gagné ma confiance.
» Hier Jupin me recommanda bien
» Sur son amour de garder le silence,
» Et je l'ai fait ; personne n'en sait rien :
» Théone, Elmis, mon père, Osiris même,
» Ce cher amant à qui je disais tout,
» Ne savent point que le roi des dieux m'aime.
» Junon, Jupin, n'ont pas le même goût ;
» Car dès qu'il fait une nouvelle amante,
» Elle l'abhorre, et la poursuit partout.
» Fut-on jamais aussi contrariante ?
» Voilà pourquoi, justement méfiante,
» Je vous ai prise un moment pour Junon ;
» Et si d'abord quelque bonne raison
» Ne m'eût fait voir que vous étiez des nôtres,

» J'aurais bien dit : Adressez-vous à d'autres;
» Je ne suis point Io, ni n'en ai l'air;
» Je ne connais de votre Jupiter
» Que sa statue au temple rencognée,
» Qui, toute usée, et tronquée, et rognée,
» Dans son grand nez loge mainte araiguée.
» Ce n'est pas moi que ce dieu vint voir là,
» Dans cette grotte, hier, avec Mercure
» Et Cupidon : j'ignore tout cela.
» Voilà comment et par quelle tournure
» J'aurai trompé vos. . . » A ces mots, Junon
Reprend soudain sa terrible figure :
« Monstre engendré dans les flancs d'Alecton!
» A ma fureur reconnais ta rivale !
» C'en est assez ; ma vengeance fatale
» Va dévoiler l'horreur de tes forfaits.
» Un long opprobre et le courroux d'un père
» Seront le prix de ton lâche adultère :

Sur toi ma haine épuisera ses traits.
Puisse la peur, de ses pâles fantômes
Pour ton tourment peupler tous les royaumes!
» Puissé-je voir les gouffres des enfers
» De toutes parts sous tes pas entr'ouverts!
» Puissent l'orgüeil, la jalousie affreuse,
» Les noirs soupçons, tous les tourments d'amour,
» Te déchirer comme moi nuit et jour!
» Et puisse enfin une rivale heureuse,
» De ton courroux méprisant le danger,
» Vaincre à tes yeux ton amant trop facile,
» Et toi, brûlant d'une rage inutile,
» Voir son bonheur sans pouvoir te venger!»
Si l'on pouvait dans ce moment terrible
Jeter les yeux sur un tableau risible,
Je vous peindrais le trouble, la terreur,
L'étonnement, les battements de cœur
De la bergère interdite et tremblante.

On la verrait, dans sa vive épouvante,
Ouvrir la bouche, ouvrir ses deux grands yeux;
Lever des mains qui redoutent l'approche,
L'air menaçant de la reine des dieux;
Tenir enfin tout son corps gracieux
Si ramassé, qu'on l'eût mis dans la poche.
Mais vain espoir de dérider mon front!
Junon, ardente à venger un affront,
Vient rembrunir les tableaux que je trace.
Déjà, joignant l'effet à la menace,
Hors d'elle-même, elle part; vers Argos
Elle a volé, brûlant d'instruire un père
Des feux secrets de la jeune bergère
Dont sa rigueur va troubler le repos.
Prête à franchir les portes de la ville
Et d'Inachus atteindre le palais,
La déité prend la taille et les traits
Et le maintien d'une vieille débile.

ur un bâton son corps maigre est porté;
tête branle, et la malignité
l'animant rend ses pas plus rapides;
Tout son visage est sillonné de rides;
Son œil hagard de cils est dépourvu;
Elle est sans dents, et son menton fourchu
A chaque mot atteint son nez crochu.

Sous ces vieux traits la déesse ignorée
Chez Inachus en grondant est entrée.
Bientôt gémit ce prince vertueux :
« Rougis, dit-elle; à de coupables feux
» Sans honte hier ta fille s'est livrée. »
Elle dit l'heure, et l'instant et les lieux.
Elle eût sans doute aussi dans sa colère
Nommé l'amant de la jeune bergère,
Si tout à coup son époux à ses yeux
N'eût apparu transporté, furieux.
Voici comment. Le maître du tonnerre,

Dès qu'un sommeil plus long qu'à l'ordinaire
L'eût délassé, dès qu'il eût à loisir
Calmé les maux d'un pénible plaisir,
Se réveilla. D'abord, à son épouse
Voulant payer, fidèle à son devoir,
Dès le matin une dette du soir,
Il cherche, et voit que sa moitié jalouse
Loin de l'Olympe a déjà disparu.
Il se ravise; et, la crainte dans l'ame,
Soudain cherchant à son bras le tissu,
Ne voit pas plus de tissu que de femme.
Plein de courroux, le dieu de toutes parts
Sur l'univers promène ses regards;
Il voit Junon: l'implacable déesse
D'une mortelle empruntait la vieillesse,
Et s'approchait du palais d'Inachus.
Jupin se hâte, il demande un nuage,
Il craint déjà que ses soins superflus

aient trop tardé de détourner l'orage :
part, arrive ; invisible aux humains,
offre à Junon, et, portant ses deux mains
Au cou ridé de la vieille déesse,
Serre les dents, et dit : « Tais-toi, traîtresse,
» Ou je t'étrangle ! » A ces mots, que l'époux
A prononcés d'un ton épouvantable,
L'épouse pâle et désormais traitable,
Fait succéder la frayeur au courroux.

Qu'un tapageur, enfant de la Garonne,
Donnant l'essor à sa valeur gasconne,
Vienne insulter par d'insolents propos
Des gens en paix qu'un doux plaisir invite :
L'un d'eux, lassé d'un discours qui l'irrite,
Enfin se lève, et promet au héros,
S'il ne se tait, de lui briser les os ;
Le héros tremble, et calme sa colère :
Car s'il est bon de se montrer sévère,

Il est prudent de céder au plus fort.
Telle Junon, que menace le sort,
Cède à Jupin, et, soumise et paisible,
Reprend son vol vers l'empire des cieux.
A la faveur du nuage invisible,
Le fier Jupin suit ses pas radieux.

Mais la déesse a versé l'amertume
Au fond du cœur d'un père malheureux.
Ce père, hélas! que la douleur consume,
Croit qu'Osiris est l'amant séducteur,
Invoque en vain l'Hymen réparateur,
Et lui découvre ainsi tout le mystère.
L'amant trahi, dans sa vive douleur
Va de sa plainte accabler la bergère.
Les yeux baissés, la rougeur sur le front,
La jeune Io se tait, et lui répond
Par des soupirs, hélas! qui semblent dire:
« Si j'ai failli, dois-tu t'en prendre à moi?

» Un dieu trompeur vint abuser ma foi,
» Et c'est toi seul, toi, qui m'as pu séduire :
» En lui cédant je ne cédais qu'à toi. »
Si notre amant connaissait bien l'affaire,
Loin d'être ingrat, de gémir sans raison,
J'en suis certain, il baisserait le ton,
Puis, en faveur de son intention,
Remercîrait la petite bergère.
Mais voyez donc où s'égarent ses vœux !
« Si d'Osiris le destin t'a fait père,
» O Jupiter ! ô le plus grand des dieux,
» Dit-il ! pour moi daigne quitter les cieux ;
» De tes conseils viens aider ma misère. »
Précisément le maître du tonnerre
Désirait fort de venir sur la terre
Pour voir Io, mais ne savait comment
Il le pourrait à l'insu de l'amant.
Il craint Junon, et contre sa colère

Veut prémunir la gentille bergère.
De son cher fils il entend la prière;
Il s'applaudit de ce prétexte heureux,
Quitte l'Olympe, et, s'offrant à ses yeux:
« Mon fils, dit-il, ma bonté paternelle
» Doit compâtir à ta peine cruelle;
» Pour ton repos j'abandonne les cieux.
» Éloigne-toi: je veux bien dans ces lieux,
» En ta faveur entretenir ta belle,
» La pénétrer de la crainte des dieux,
» Et s'il se peut ramener l'infidèle. »
Il dit. Soudain Osiris enchanté
S'enfuit au loin. Notre bon hypocrite
Dans le bosquet s'introduit au plus vite
Pour convertir l'infidèle beauté.
A son aspect la bergère volage
Calme sa crainte, et voit avec plaisir
Qu'un dieu puissant daigne la secourir.

Enfin, après les compliments d'usage,
Après les soins et les civilités
Dont les amants se sont toujours fêtés
En tête à tête et sous l'épais feuillage,
La jeune Io redit au roi des dieux
Et la menace et les cris de sa femme,
Les châtiments réservés à leur flamme,
Et tous les maux et les revers affreux
Dont la déesse épouvanta son ame.
A quoi Jupin sagement répondit :
« Je sais trop bien ce que peut mon épouse.
» Je sais, Io, que sa fureur jalouse
» Peut faire encor bien plus qu'elle n'a dit.
» Telle est Junon ; si j'aime une mortelle,
» D'un prompt courroux on la voit s'enflammer.
» Jamais son cœur ne put s'accoutumer
» A voir Jupin goûter l'amour loin d'elle.
» En vain cent fois je voulus la punir :

» A ce travers je la vois revenir
» Dès que j'encense une beauté nouvelle.
» Chacun le sait : las de porter ses fers,
» Un beau matin, pour prix de son audace,
» Ma propre main la pendit dans les airs;
» Elle flottait sur le vaste univers,
» Et les enfants lui faisaient la grimace.
» Le Nil la vit autrefois sur ses bords,
» Pour éviter ma rage et mon tonnerre,
» Changer ses traits, s'enfoncer dans la terre,
» En vil oignon transformer son beau corps,
» Et tristement s'exposer à l'outrage,
» De se voir cuire un jour dans un potage.
» Même aujourd'hui, pour arrêter le cours
» D'un indiscret et dangereux discours,
» Chez Inachus mon courroux efficace
» N'allait-il pas l'étrangler sur la place?
» Rien ne la change ; et pour punir toujours,

» Je l'avoûrai, Jupin manque d'audace :
» Elle est ma femme, elle est de plus ma sœur,
» Et j'ai des torts, et je fais son malheur.
» Souvent, ma belle (il faut que je l'avoue),
» Je foule aux pieds le devoir conjugal !
» Hier, lassé par notre doux régal,
» De ce devoir je m'acquittai fort mal !
» Vainqueur partout, auprès d'elle j'échoue.
» Pardonnons-lui la plainte et le courroux.
» Mais cependant, Io, l'Amour m'impose
» L'heureux besoin de prendre soin de vous :
» Je vais vous mettre à l'abri de ses coups,
» Par le moyen de la métamorphose.
» Çà, choisissez sur tous les animaux :
» Oiseau, poisson, quadrupède ou reptile
» Va dans l'instant devenir votre asile.
» Vous plairait il de vivre au sein des eaux ?
» Vous dont le charme attire et nous enchaîne,

» Prenez, Io, les traits d'une syrène.
» Des ours, des loups, des lions rugissants
» Les jeux cruels ne vous conviendraient guère :
» Et je vous crois un trop bon caractère,
» Pour vous résoudre à manger les passants.
» Mais une belle est toujours si légère !
» Oh! voltigez! l'air est votre élément;
» D'une fillette on peut faire aisément
» Une linotte. Optez donc, ma bergère.
» — Monsieur le dieu, répond la jeune Io,
» Les yeux en pleurs, tout cela n'est pas beau.
» Si vous n'eussiez trompé mon innocence,
» Je resterais telle que je naquis,
» Je n'aurais point fâché mon Osiris,
» Ni de Junon mérité la vengeance.
» Hier l'Amour parut du beau côté;
» Mais aujourd'hui, las! c'est bien autre chose!
» S'il n'est pourtant que la métamorphose

» Pour me sauver en cette extrémité,
» Faut bien céder à la nécessité:
» Mais devenir ni louve ni lionne,
» N'est point mon fait; c'est pour moi trop d'honneur
» La pauvre Io ne veut manger personne;
» Elle ne veut pas même faire peur.
» Ni l'air, ni l'eau ne me tenteraient guère.
» Ces bosquets seuls, ces prés et ces coteaux
» Peuvent séduire une triste bergère.
» Laissez-moi donc au sein de mes troupeaux;
» Et puisqu'il faut enfin que je choisisse,
» Je veux avoir les traits d'une génisse:
» On m'appelait petite; par ce choix,
» Je serai grande au moins pour une fois. »
Elle se tait: le souverain du monde
Prend sa baguette, ouvre l'œil, fait trois tours,
Profère en soi de magiques discours,
S'agite, rentre en une paix profonde,

Et de la lune interroge le cours.
De sa baguette il touche son amante :
Bienfait cruel! soudain son corps augmente ;
Elle se courbe et marche sur ses mains ;
En gros museau s'alonge sa figure ;
Elle mugit ; sa noire chevelure,
Loin de la tête, est transformée en crins ;
Son beau sein change et de place et de forme ;
Un poil blanchi couvre son corps énorme ;
Sur son grand front deux cornes se font voir,
Et son oreille apprend à se mouvoir.

FIN DU TROISIÈME CHANT.

IO,

CHANT QUATRIÈME.

SOMMAIRE

DU CHANT QUATRIÈME.

Osiris s'expatrie par le conseil de son père. Jupiter remonte dans les cieux. Junon, après avoir cherché en vain Io cachée sous les traits d'une génisse, force son faible époux à la lui découvrir, et promet de l'épargner. Elle en confie la garde à Argus. Jupiter, privé de sa maîtresse, veut se rapprocher de sa femme qui le repousse. Alors il commande à Mercure et Cupidon de lui rendre Io ; ils exécutent ses ordres en tuant Argus après l'avoir endormi.

IO.

CHANT QUATRIÈME.

Mon cher lecteur, quoi que vous puissiez dire,
Je vous préviens que je vais m'attrister :
J'ai maintenant des faits à vous conter
Plus sérieux ; et si vous voulez rire,
J'en suis fâché, mais cessez de me lire.
Un père en pleurs, un pauvre amant trahi,
Jupin qui plie et Junon qui menace,
Io surtout dont notre œil ébahi
A vu l'affront et l'étrange disgrâce,

7...

Tous ces malheurs m'affligent malgré moi.
Je ne veux point tromper la bonne foi
Des braves gens : si le chagrin vous lasse,
Ne lisez plus, soit. Fin de la préface.

On sait trop bien que le maître des dieux
De son amante a fait une génisse.
Sûr qu'Osiris, s'il restait dans ces lieux,
Découvrirait enfin son artifice,
Jupin revient, et conseille à son fils
De s'exiler dans de lointains pays.
Pourquoi ? C'est là ce qu'il ne saurait dire.
Il fait entendre à l'amant supplanté
Qu'Io bientôt abjurant son délire,
Dans son exil il sera regretté.
« Tel est parfois le cœur d'une beauté :
» Trahis présents, absents on nous désire,
» Dit-il ; va, pars ; il n'est pas loin le jour
» Où le Destin permettra ton retour. »

Dans cet espoir l'amant fuit et soupire.
Ainsi Jupin d'un acteur malheureux,
Fort prudemment a délivré la scène.
Telle, sans art, au besoin Melpomène
Fait disparaître un témoin dangereux,
Qui soudain fuit, cède à la circonstance,
Persuadé par pure complaisance.

Bientôt Jupin revole vers les cieux.
Junon, témoin de sa coupable absence,
A son aspect, le regard furieux :
« Je souffrirais offense sur offense !
» Ah ! c'en est trop ! courons à la vengeance ! »
Elle dit, vole, et dans les champs d'Argos,
D'un œil farouche, échevelée et pâle,
Cherche en tous lieux, mais en vain, sa rivale.
Io la voit ; au rang de ses troupeaux,
L'infortunée errait dans la prairie.
Timide encor, malgré ses traits nouveaux,

De la déesse elle craint la furie,
Et se dérobe à l'abri des taureaux.
De plus en plus l'Immortelle irritée,
Sûre à la fin que son perfide époux
Vint la soustraire à son juste courroux,
Remonte aux cieux. Là, sa rage excitée,
Libre du joug des vains ménagements:
« Vous, dieux! vous tous, témoins de nos serments,
» Je suis trahie: un époux infidèle
» Fuit mes appas, recherche une mortelle.
» Contre le crime, ô dieux! armez vos mains,
» Et me vengez des plus cruels dédains. »
Les habitants de l'éternel empire,
Gens très railleurs, se sont tournés pour rire.
Jupin répond: « De tels emportements
» Ne valent rien; une femme jalouse
» Qui gronde ainsi, fait rire à ses dépens.
» J'aime, il est vrai; mais vous, ma chère épouse,

ous gênez-vous aussi de ce côté ?
il m'en souvient, quand ma tête féconde
onnut l'amour et la maternité,
mes dépens vous mîtes Mars au monde.
Une autre fois, ce roué d'Ixion,
A mes yeux, même . . . Eh bien ! cette action
Vous valut-elle un reproche, un murmure ?
Quel fut mon soin ? la résignation.
Imitez-moi ; l'on fait triste figure
Lorsqu'on se plaint. Se taire et tout savoir,
Est des époux l'usage et le devoir. »

De ce conseil la discrète sagesse
e fait qu'aigrir l'irascible déesse ;
le défend son honneur compromis,
onde plus fort, et veut qu'à l'heure même,
on faible époux trompant l'objet qu'il aime,
n son pouvoir cet objet soit remis.
e bon Jupin, plein de délicatesse,

A ce discours sent révolter son cœur :
« Qui? moi, dit-il, pour prix de mon bonheur,
» A sa rivale, à toute sa fureur
» Je livrerais ma timide maîtresse? »
Junon soudain jure sur son honneur
Et par le Styx, d'épargner la bergère.
Le dieu résiste à sa loi trop sévère,
Mais elle veut. Du mot je *veux*, d'abord
Vous sentirez l'immuable magie,
Époux, amants, témoins de l'énergie
Du sexe faible à qui cède le fort.
Il fallut donc céder: la Jalousie
A ce prix seul accorde enfin la paix.
Un dieu trop faible, Io, te sacrifie.
En hésitant, la mère des Regrets,
La Complaisance, admet la Perfidie.
Junon sait tout. Au sein de la prairie
Où la bergère, objet de son courroux,

Parmi les bœufs paissait l'herbe fleurie,
La déité, qu'instruisit un époux,
Dirige encor son vol et sa furie.
A ce retour, d'un pas précipité,
Le cœur troublé d'un sinistre présage,
Io s'enfuit au loin dans le bocage.
Mais son éclat, sa sauvage beauté,
Et sa terreur, et sa fuite soudaine,
Tout la trahit. La prompte déité
Reprend son vol et sa légèreté,
Suit les détours d'une course incertaine,
Fond sur sa proie, et son bras irrité
Saisit d'Io la corne recourbée.
Io frémit; ses genoux défaillants
Cèdent; mourante, hélas! elle est tombée :
Et son effroi, ses longs mugissements,
L'accent plaintif de cette infortunée,
Ont presque ému sa rivale étonnée.

« Relève-toi, dit-elle : mes serments
» Ont mis un frein à ma juste vengeance.
» J'aurais voulu dans l'horreur des tourments
» Te voir bientôt expier ton offense,
» Mais tu vivras : forcée à la clémence,
» Je ne te puis vouer aux châtiments;
» Et, loin des tiens, l'esclavage, la gêne,
» Parmi les ours te tiendront lieu de peine;
» Viens, suis mes pas. » Elle dit; et sa main
D'un brusque effort relève sa rivale.
Le front baissé, d'une marche inégale,
Dans les détours d'un pénible chemin
Io la suit, par la corne traînée.
Bien loin d'Argos, hélas! l'infortunée
Gravit un mont inaccessible, affreux,
D'où l'œil mesure un profond précipice.
Là l'esclavage apprête son supplice;
Là toujours veille un géant monstrueux,

Hôte effrayant des rochers solitaires.
Étrange aspect ! son corps mystérieux
Offre dix fois dix mouvantes paupières.
Nul ne saurait échapper à ses yeux,
Fiers scrutateurs de la nature entière,
Qui tour à tour ouverts à la lumière,
Dans le sommeil reposent tour à tour.
L'un dort ; le reste observe nuit et jour.
Énorme, affreux, l'air farouche et sinistre,
Tel est Argus ; ce vigilant ministre
Sert de Junon les mouvements jaloux,
Garde une amante ou surveille un époux.

En ce moment, debout sur une roche,
Ses yeux divers erraient de toutes parts
Sur ses troupeaux dans le lointain épars.
Il voit Junon, tristement il s'approche.
Au sombre aspect de ses cent yeux hagards,
De crainte Io recule. Sa rivale

Instruit Argus, confie à ses regards
Le triste objet de sa haine fatale;
Et s'élevant au-dessus de l'éther,
Ses ris moqueurs vont braver Jupiter.
Pauvre Jupin! quelle fut ta tristesse,
A ce retour et fier et triomphant!
Quel fut ton deuil, lorsque, adroit surveillant,
Témoin secret des pas de la déesse,
Ton messager, d'une jeune maîtresse
Te raconta la gêne et le tourment!
Tu dis alors: « Eh! si j'aimais la guerre,
» Moi, roi des dieux et maître du tonnerre,
» Que me ferait l'insulte de Junon?
» La foudre en main, et sans plus de façon
» Saccageant tout, et le ciel et la terre,
» Je mettrais bien ma femme à la raison:
» Mais quoi! toujours ou se plaindre ou combattre?
» Ayons la paix; oui, plutôt souffrons tout:

» Junon est vive, en la poussant à bout
» Elle ferait encor le diable à quatre. »
Ainsi Jupin, jaloux de son repos,
Se résigna; d'une jeune maîtresse
Son indolence oubliait tous les maux;
Et pour Junon rappelant sa tendresse.
Faute de mieux il lorgnait la déesse,
Qui murmurait et lui tournait le dos.
Toujours brûlé d'une flamme amoureuse,
Il résolut d'apaiser la boudeuse;
Et chaque jour il avançait d'un pas.
Il soupirait, il l'appelait tout bas,
Avec finesse il vantait ses appas,
Même, une fois il la prit par le bras:
Mais sa moitié, revêche, rancuneuse,
Se dégageant, lui dit : « Je ne veux pas. »
Telle du chien la compagne rebelle,
Lorsqu'un époux dans ses désirs ardents

Vient l'agacer, vient errer autour d'elle,
Se tourne, aboie, et lui montre les dents.
  Jupin, frappé comme d'un coup de foudre,
Resta muet. Hélas! depuis trois jours
Son triste cœur languissait sans amours.
Morne, abattu, ne sachant que résoudre,
Il fait venir Mercure et Cupidon:
« Amis, dit-il, le courroux de Junon
» Refuse un terme à ma brûlante ivresse.
» Quand de mon sort je la rendais maîtresse;
» Quand mes soupirs imploraient ses appas;
» Quand j'expirais, cruelle avec rudesse,
» Elle m'a dit tout net: Je ne veux pas.
» Parlez, amis, que faut-il que je fasse?
» Je ne suis point de ces amants de glace
» Qui, sans plaisirs goûtant encor la paix,
» Se font un cœur qui ne brûle jamais:
» Je suis Jupin, le monde est mon empire;

» Depuis trois jours je vis seul ; c'est tout dire. »
Les confidents, touchés de ce discours,
Avec chaleur long-temps délibérèrent
Sur le péril, et sur le prompt secours
Qu'il exigeait. D'abord, ils proposèrent
De rappeler aux devoirs conjugaux
Cette beauté trop portée au divorce ;
Et si Junon boudait hors de propos,
De la soumettre aussitôt par la force.
Mais Jupiter rejeta ce conseil :
« Non, non, dit-il, respectons sa colère ;
» D'une action injustement sévère
» Épargnons-lui le coupable appareil.
» Il faut tout dire, au surplus ; et mon ame
» En ce moment penche peu pour ma femme.
» La belle Io, ses accents ingénus,
» Son doux souris, sa candeur enfantine,
» Tout se retrace à mes sens éperdus.

» Amour ! rends-moi cette amante divine !
» Vole, Mercure ! affranchis-la d'Argus;
» Qu'auprès de moi dans sa grotte on l'amène.
» De ses malheurs mon amour est confus,
» Terminons-les; et que Junon apprenne,
» En maudissant son imprudent courroux,
» Que femme sage, en soi-même incertaine
» De la constance et des feux d'un époux,
» Ne doit jamais dédaigner une aubaine. »
Il vous souvient que quand Junon traîna
La pauvre Io, qu'elle la promena
Par vaux, par monts, qu'elle la confia
Aux yeux d'Argus, Mercure l'épia.
Il savait donc où trouver la bergère.
Pour obéir à Jupiter, son père,
Suivi d'Amour, dans l'air il s'envola,
Franchit la Grèce, Argos, et les voilà,
L'Amour et lui, sur le mont solitaire.

Parmi ces rocs, l'inexorable Argus
Suit sans relâche une esclave craintive,
Et son aspect est un tourment de plus.
Souvent, hélas! la tremblante captive
Pour l'implorer veut lui tendre les bras :
Trop vains efforts! ses membres délicats
Sont enchaînés sous la brute grossière;
Le Sort jaloux lui ravit ses appas;
Il lui ravit la touchante prière,
Du malheureux espérance dernière.
L'infortunée a reconnu les dieux;
Son cœur ému renaît à l'espérance.
Mais pourront-ils tromper la vigilance
Du surveillant dont les cris jusqu'aux cieux
Vont de Junon réveiller la vengeance?
Inattendus, leur aspect de son cœur
Effaroucha la vive méfiance;
Mais aussitôt le dieu de l'éloquence

Prend la parole, et calme sa frayeur.
Feindre avec art, montrer de l'assurance,
Bercer Argus d'un conte insidieux,
Par les secrets d'un art mystérieux
Dans le sommeil enchaîner sa prudence
Et l'immoler, tel est le plan des dieux.

Or mon lecteur a sans doute ouï dire
Qu'un jour Mercure, épris d'un beau laurier,
Au dieu des vers escamota sa lyre.
(Mercure était voleur de son métier.)
Tel qu'un rimeur qui, froid en son délire,
Endort Écho dans le sacré vallon,
Sous ses doigts lourds la lyre d'Apollon
Perdit soudain cette heureuse harmonie
Qu'elle empruntait sous la main du génie;
Et languissante, elle ne rendait plus
Que des accords monotones, sans vie,
D'un long sommeil précurseurs assidus.

Le dieu pourtant agit en homme habile :
Un auditoire, à sa voix endormi,
Lui découvrit un secret plus utile ;
De l'Ignorance il sut tirer parti.
Est-il aimé ? de sa jeune bergère
Ses tristes chants assoupissent la mère.
Veut-il la femme ? il endort le mari.
Rimeurs glacés, adoptez sa méthode :
Pour vous du moins utilisez vos chants,
Et n'endormez que la moitié des gens,
Si vous pouvez. Mais d'un art si commode,
Voyons, lecteur, les effets tout-puissants.

Mercure approche : « Argus, une déesse
» M'adresse à toi : de tes soins aujourd'hui
» Ce jeune enfant égaîra la tristesse,
» Et mes accords charmeront ton ennui. »
Il dit, s'assied, prend sa lyre et commence.
L'air retentit de sons assoupissants ;

Et le gardien, dans sa folle ignorance
Avec transport écoute ses accents,
Ouvre la bouche et l'admire en silence.
   Mais cependant les sinistres accords
Ont pénétré jusqu'au séjour des morts.
Là, dans le sein d'une île où la nature
Ensevelie en un profond repos
De toutes parts a semé des pavots;
Où tout se tait, les Zéphirs, les oiseaux;
Où le Léthé de ses tranquilles eaux
Ne fait qu'à peine entendre le murmure,
Règne, assoupi dans une grotte obscure,
Le noir Sommeil, triste enfant du Chaos.
Il part, se rend à l'appel de Mercure.
Des Songes vains l'essaim capricieux
En voltigeant suit son vol paresseux.
Bientôt, guidés par les sons de la lyre,
Auprès des dieux sur le mont parvenus,

Des lourds pavots dans les airs répandus,
Argus, Io, tous éprouvent l'empire.
Mais l'Amour veille; et ses soins assidus
Sur Argus seul détournent le nuage.
L'enfant perfide, aux plaisirs de son âge
Feint de céder; il joue, et dans ses jeux
Ses doigts errants d'Argus ferment les yeux.
L'autre sourit, souffre ce badinage :
Le malheureux ne connaît pas l'Amour!
Il ne sait pas quel funeste retour
Au sein des jeux souvent il nous prépare!
Mais le plus traître est ce chantre barbare
De qui la voix, du fond du noir Ténare,
Vient d'attirer le Sommeil; ses accords
Sont pour Argus le chant fatal des morts.
Déjà, cédant à leur vertu puissante,
Il croit jouir, Argus, et malgré lui
Sa bouche s'ouvre et trahit son ennui;

Ses yeux divers, sous la main caressante
Du jeune dieu qui poursuit son dessein,
Se sont fermés; sa tête chancelante
S'appesantit et tombe sur son sein;
Il s'assoupit, se penche et dort enfin.

Mercure alors en silence se lève,
Quitte sa lyre, arme sa main du glaive,
Et vers Argus s'avance lentement.
Dans l'un des yeux qui couvrent le géant,
Non loin du cœur, d'une main homicide
Le dieu soudain plonge le fer perfide;
Il le retire aussitôt tout sanglant,
Le plonge encor, de nouveau le retire;
Et terminant un si cruel martyre,
Près de l'abîme il traîne Argus mourant,
Le précipite. Élancé vers sa tombe,
Du triste Argus le corps épais et lourd,
De roc en roc fait entendre un bruit sourd,

Et tour à tour tombe, roule et retombe.
Le noir Sommeil a fait place à la Mort.
Io se livre à la crainte, à la joie.
Les mains d'Amour par un subit effort
Brisent ses fers. Son pouvoir qu'il déploie,
Du mont désert, des rochers effrayants
Change soudain l'aspect sombre et sauvage.
Le mont décroît, s'applanit; un bocage
Étend partout ses ombrages riants,
Ses clairs ruisseaux, ses trésors odorants;
De toutes parts les fleurs en foule écloses,
Le blanc jasmin, le myrte des amants,
Le doux lilas aux panaches flottants,
L'aubier pompeux, l'amas touffu des roses,
Et les parfums que porte au loin Zéphir,
Et les oiseaux, et la verte prairie,
Tout dans les cœurs réveille le désir.
Io s'émeut; elle donne un soupir

Au jeune amant dout elle fut chérie;
A son bon père elle donne un soupir.
Un noir présage, un confus souvenir
Porte le trouble en son ame incertaine;
Et cependant, Mercure dans la plaine
La suit, tout fier d'avoir su l'affranchir;
Et Cupidon, prêt à charmer sa peine,
En souriant vers Jupin la ramène,
Et sur des fleurs la conduit au plaisir.

FIN DU QUATRIÈME CHANT.

IO,

CHANT CINQUIÈME.

SOMMAIRE

DU CHANT CINQUIÈME.

Junon se repent d'avoir rejeté les vœux de son époux. Après avoir en vain attendu une nouvelle attaque, elle se résout à faire le premier pas vers lui. Son courroux, lorsqu'elle apprend la fuite de Jupiter. Elle vole auprès d'Argus qu'elle trouve mort. Renaissance et métamorphose de ce géant. Junon évoque la furie Érynnis. Combat d'Érynnis et de Jupiter. Courses et malheurs d'Io. Elle rencontre son père dans l'Ionie. Pour mettre un terme à son infortune, Jupiter se réconcilie avec Junon. Io traverse à la nage la Méditerranée. Elle arrive, sous la conduite de Cupidon, à Canope en Égypte. Osiris, Inachus, Io et tous les dieux se trouvent réunis dans cette ville dont Osiris est roi. Jupiter rend à Io sa première forme. Sous le nom d'Isis elle épouse Osiris, et l'un et l'autre reçoivent l'immortalité.

CHANT CINQUIÈME.

JEUNES beautés, vous de qui l'artifice
Sait par l'obstacle irriter notre ardeur,
Salut! L'Amour vous fut toujours propice;
Il vous apprit le secret du bonheur.
L'amant léger vous voit, fixe sa course;
Le sentiment par vous rentre en nos cœurs;
Des voluptés vous épurez la source;
Et vos refus égalent vos faveurs.

9...

Mais sachez mettre un terme à vos rigueurs:
Il faut un prix à la persévérance;
Un cœur déçu cède à l'indifférence,
Nous délaissons de rebelles appas.
Excitez-nous, ne nous rebutez pas.
Et vous encore! et vous, chastes épouses!
Par la fierté, le dépit, la douceur,
Par la folie, et surtout la pudeur,
De votre époux ranimez la froideur.
Ne soyez point grondeuses ni jalouses,
On vous fuirait; et souvent, entre nous,
Certe! il est bon de plaire à son époux!

Pour avoir trop écouté son courroux,
Voyez à quoi Junon se vit réduite:
Seule, à l'écart, son espoir le plus doux
Était de voir Jupin à ses genoux;
Elle était loin de soupçonner sa fuite;
pour cette fois elle attend sa poursuite,

Et se promet de tout lui pardonner ;
Mais de l'attendre enfin elle se lasse :
Il ne vint point redemander sa grâce,
Il fallut bien aller la lui donner.
Les yeux baissés, bien soumise et confuse,
Junon déjà bégayait une excuse
Auprès du trône où préside Jupin,
Quand par hasard elle lève la tête,
Et ne voit point l'insigne libertin,
Qui, lui dit-on, avait dès le matin,
Avec sa vache un nouveau tête à tête.
Elle frémit à ce cruel affront,
Cria vengeance et rougit de colère.
Elle s'élance aussitôt sur la terre,
En un clin-d'œil arrive vers ce mont
Qu'Amour naguère aplanit en bocage,
Cherche la belle, et voit, sous le feuillage,
Pâle et sanglant ce gardien malheureux,

Si mal fêté par un chantre maussade
Qui l'accabla, doublement rigoureux,
Et de ses coups et de sa sérénade.

« Ciel, dit Junon! c'est mon Argus! c'est lui!
» Mon seul espoir! mon serviteur fidèle!
» Si je te perds, quel sera mon ennui!
» Pour mon repos et pour prix de ton zèle,
» Je veux dompter la Fortune cruelle :
» Sous une forme et plus pure et plus belle,
» Renais, Argus, redeviens mon appui,
» Guide mon char, et sois ma sentinelle. »

Au même instant le géant trépassé
Se meut, décroît, se couvre d'un plumage
Où de ses yeux le pompeux étalage
Brille partout au hasard dispersé.
Au corps d'un paon le sien s'est enchâssé;
Il a du paon le duvet nuancé,
Le cou d'azur, le panache exhaussé,

belle queue et le triste ramage.
Argus! c'est peu, dit Junon, et ma rage
Doit te venger et me venger aussi.
Viens, Erynnis, Euménide implacable!
Sors des enfers! je livre à ta merci
Cette génisse indigne, abominable,
Dont s'est coiffé mon perfide mari.»
Elle achevait : ô spectacle effroyable!
La terre s'ouvre avec un bruit affreux,
Et de ses flancs sort un torrent de feux.
Du fond du gouffre Erynnis élancée,
Poussant un cri, se montre. La fureur
Toujours l'agite, et dévore son cœur;
D'affreux serpents sa tête est hérissée:
Tous, mutinés, roulés en cent replis,
Sifflent sans cesse, excités par ses cris.
Son bras sanglant tient la torche homicide;
De noirs lambeaux ses membres sont couverts;

Son œil s'enflamme, et sa bouche livide
Exhale au loin les poisons des enfers.
Junon la voit, et perd tout son courage;
D'un doigt tremblant tendu vers le coteau
A la Furie elle indique l'ombrage
Où son époux lorgnait la vache Io,
Puis fièrement s'assied sur le plumage
Du fier Argus, et se met en voyage.

Tandis qu'en paix ils s'élèvent dans l'air,
Notre Furie avec des cris de rage
Franchit les monts, la plaine, le bocage,
Brûle, et renverse, et détruit, et ravage
Tout ce qui s'offre au loin sur son passage.
Elle aperçoit la vache et Jupiter,
Et brusquement et s'avance et menace.
Jupin s'écrie, outré de tant d'audace:
« Arrêtez donc! vous moquez-vous de moi?
» Fille d'enfer, que le ciel vous confonde!

» Quoi ! sans respect pour le maître du monde
» Vous oseriez remplir Io d'effroi,
» La tourmenter? Hideuse grimacière,
» Retirez-vous; allez livrer la guerre
» A vos damnés : retirez-vous, sans quoi
» Je fonds sur vous, armé de mon tonnerre. »
A ce discours, dont elle se moqua,
D'un air affreux Erynnis ricana,
Et sur Io tout à coup s'élança;
Mais Jupiter la repousse en arrière,
Et sur le dos il la jette par terre.
Au même instant l'Euménide en fureur
S'est relevée; en son aveugle rage,
Sans nul respect pour un dieu qui l'outrage,
Son bras hardi lui porte avec vigueur
La torche ardente au milieu du visage.
Le roi des dieux recule, mais en vain :
Sa barbe épaisse à l'instant allumée

Remplit ses yeux et son nez de fumée,
Brille, pétille et disparaît soudain.
Il veut l'éteindre, il y porte la main,
Mais c'en est fait, la barbe est consumée.
Alors Jupin ne se possède pas;
Il prend sa foudre, et, reculant deux pas,
Élève en l'air sa main impatiente.
Sur Erynnis la tempête tonnante
Tombe en éclats : jusqu'au pied du coteau
Le coup affreux précipite sa chute,
La fait rouler de culbute en culbute.
Mais, ô Jupin! crains un danger nouveau!
Déjà debout, ton horrible rivale
Grince les dents et rugit de fureur;
Son seul aspect fait frémir de terreur:
L'écume sort de sa bouche infernale;
De longs éclairs jaillissent de ses yeux;
Ses noirs serpents, aveuglés, furieux,

Eux-mêmes pleins de l'horreur qu'ils inspirent,
Dans leurs transports l'un l'autre se déchirent.
Vers Jupiter elle accourt en hurlant.
Des gens malins disent qu'en cet instant
Jupin eut peur : c'est une calomnie :
L'arrêt du sort, et non son ennemie,
Le désarma : d'un combat impuissant
Le dieu prudent voulut calmer l'orage ;
Il ne vit pas un bien grand avantage
A s'escrimer sans rime ni raison,
Se foudroyer, se brûler le menton,
Pourquoi? pour rien : car quoi qu'il puisse faire
Erynnis doit remplir son ministère :
Le destin veut ce qu'a voulu Junon.
« Tout doux, tout doux, madame l'Euménide,
» Dit-il alors en avançant la main,
» Restons-en là ; nous nous battons en vain :
» Nous aurions beau frapper jusqu'à demain,

» Nous ne saurions commettre un déicide,
» Car, grâce à Dieu, nous sommes immortels;
» Et pour un coup, une vaine blessure,
» Un œil meurtri qui guérit à mesure,
» Faut-il livrer des combats éternels?
» C'est bien la peine! Allez, pour se combattre
» Il faut pouvoir se tuer nettement;
» Et sans cela l'on n'a point d'agrément.
» Ne pouviez-vous autrement vous ébattre?
» Brûler la barbe au fameux Jupiter!
» Moi je suis vif, je vous ai maltraitée:
» Vous m'attaquez, je me défends, c'est clair.
» N'allez donc pas faire ici l'entêtée;
» Laissons cela. Pour vous, Io, mon cœur,
» Il faut céder à votre destinée:
» Je ne puis rien; j'en gémis de douleur!
» Ah! je voudrais vous voir plus fortunée!
» Mais quoi! je vais intercéder pour vous:

i, de Junon contre vous déchaînée
vais au ciel désarmer le courroux. »
dit, s'élève, et fuit d'un vol rapide,
écouter les cris de l'Euménide,
ur servir Io plus promptement.
vous verrez qu'en haut, dès ce moment,
ré l'espoir dont sa bouche la flatte,
blia ce saint engagement:
protecteur a la mémoire ingrate.
fut alors qu'une subite horreur
s'emparer de la jeune victime.
veut fuir, l'Euménide en fureur
sur ses pas; et d'abîme en abîme,
i les rocs, dans les bois, sur les mers,
cesse en proie au monstre qui l'opprime,
bit le châtiment du crime;
malheurs ont rempli l'univers.
t, errante aux champs glacés de l'Ourse,

Un froid mortel transit son corps tremblant.
Tantôt, ô ciel! c'est l'Araxe bruyant
Qui l'engloutit et l'entraîne en sa course.
Échappe-t-elle à ces dangers divers,
Elle doit fuir et la Gorgone impure,
Et la Syrène aux perfides concerts,
Et les Griffons, chiens muets des déserts,
Et le Centaure à l'humaine figure,
Monstre parlant, armé du fer guerrier,
Et dont le corps se termine en coursier.

Là, sous des rocs, dans la nuit, ignorées, (2
Trois vieilles sœurs, les dangereuses Grées
Au corps étique, aux doigts secs et crochus,
Cherchent sans bruit des victimes nouvelles.
Leur nez s'alonge, et leur dos a des ailes;
Une dent seule, un œil commun entr'elles,
Sont tour à tour et prêtés et rendus.
L'une des trois (c'était la plus hideuse),

u bout du nez avait l'œil ambulant ;
lle aperçoit la vache malheureuse :
Ma sœur, ma sœur, prête-moi notre dent :
Je vois venir une belle génisse ;
Elle pourra me mettre en appétit. »
a pauvre Io par bonheur l'entendit,
t se dérobe à ce nouveau supplice.
Mais cependant, le Destin plus propice
ui réservait un instant de bonheur.
n parcourant les rivages d'Asie,
lle aperçoit au sein d'une prairie
Un bon vieillard plongé dans la douleur.
es vêtements, son air plein de noblesse,
Tout annonçait un des chefs de la Grèce.
La jeune Io sent palpiter son cœur ;
Elle l'observe, accourt vers lui, s'empresse....,
O doux transport ! ô moment fortuné !
C'était son père ! Inachus étonné

S'est arrêté, long-temps la considère :
Il ignorait, ce trop malheureux père,
Le sort fatal de cet objet aimé.
Les yeux en pleurs, de douleur consumé,
Traînant partout sa tristesse profonde,
Il la cherchait, il parcourait le monde ;
Et quand sa fille à ses yeux vient s'offrir,
Quand de bonheur il la voit tressaillir,
Un père même a pu la méconnaître !
Mais ses regards, son vif empressement,
L'heureux transport que son cœur fait paraître,
Tout d'Inachus accroît l'étonnement ;
Il s'en approche, et sa main lui présente
L'herbe des prés, son modeste aliment.
Io s'émeut ; sa langue caressante
Vient tendrement effleurer cette main ;
Son père, hélas ! est mouillé de ses larmes.
Que ne peut-elle apaiser ses alarmes !

Mais quoi ! muette, elle s'efforce en vain
De faire entendre une voix consolante,
D'instruire un père et calmer son tourment :
Son ame parle, et sa bouche ignorante
Ne rend qu'un sourd et vain mugissement.
   Alors, cédant au destin trop sévère,
Elle se tait, mais pour s'exprimer mieux,
Les mouvements d'un pied ingénieux
Ont attiré les regards de son père ;
Et sur le sable un double caractère
Dévoile tout, et la nomme à ses yeux.
« O ciel ! Io ! dans quel état affreux
» Tu m'es rendue ! » A sa fille chérie
Il tend les bras, il gémit de douleur !
Mais, ô tourment ! l'implacable furie
Qui quelque temps suspendit sa rigueur,
S'offre soudain dans toute son horreur.
Io la voit, et fuit épouvantée.

Pour éviter l'Euménide en fureur,
Au sein des flots d'une mer agitée
Elle s'élance. Aussitôt Erynnis
Vole après elle et la poursuit dans l'Onde.
Le roi d'Argos dans sa douleur profonde
Court éperdu, remplit l'air de ses cris :
Il sut toucher le souverain du monde :
Oui, Jupiter, auteur de tous ses maux,
Vient de l'entendre, et son cœur qui soupire . . .
Pardon, Lecteur, je crois que je vais rire :
L'ami Jupin assez mal à propos
Vient se montrer en ce moment tragique.
Séchons nos pleurs, prenons notre parti,
Et laissons-là le ton mélancolique :
Nous gémirons quand il sera parti.

Bien résolu, vers sa femme il s'avance,
Et dit : « Junon, votre fatal courroux
» Assez long-temps poursuivit l'innocence.

J'offre la paix, suspendez donc vos coups.
Io me plut, mon devoir me rappelle,
A mon devoir je cède pour jamais :
De vos beaux yeux esclave désormais,
Votre Jupin sera toujours fidèle. »
Il dit. Junon, qui l'approuve en secret,
Affecte alors un courroux politique,
Feignant, ainsi que cela se pratique,
D'être fâchée et céder à regret.
Pleine d'espoir, tout-à-fait résignée,
Par convenance elle veut résister,
Et semble dire : « Oh! je suis indignée !
» Mais calmez-moi ; je saurai m'y prêter. »
Avec un cœur disposé de la sorte,
On pense bien que la paix se conclut.
 Bientôt Jupin assembla son escorte :
(Le dieu d'Amour et Mercure) ; il voulut
D'Io d'abord terminer la misère,

Changer ses traits, la rendre aux vœux d'un père,
L'unir enfin au timide Osiris,
Ce jeune amant si tendre, si soumis,
Qui, comme Io, courut la terre et l'onde,
Qui dans l'Égypte exila ses douleurs,
Que vous croyiez peut-être, chers lecteurs,
Mort ou perdu ; mais nous autres conteurs
Nous retrouvons enfin tout notre monde.

Vous avez vu que le traître Jupin
Sut l'éloigner de la vache nouvelle.
Pour apaiser sa douleur trop cruelle,
Dès-lors le dieu conçut un beau dessein :
Son fils errait loin de son infidelle,
Et vers le Nil avait guidé ses pas.
Là sur Canope et de vastes états
Régnait alors une veuve assez belle,
Tendre surtout, dont j'ignore le nom.
Jupin ordonne, et soudain Cupidon

Prend son flambeau, ses traits, arrive à peine,
Pour Osiris enflamme cette reine,
Et tout cela s'est fait en un moment;
Et sans tarder, la jeune souveraine
Fait un époux de son timide amant;
Et comme ici tout allait lestement,
Un beau matin notre belle empressée
Vient à mourir, je ne sais trop comment.
Osiris reste, et par un testament
Sur son front veuf la couronne est placée.
Le roi des dieux conduisit tout cela;
Vous allez voir qu'il n'en resta pas là;
Et vous loûrez sa sagesse infinie.

Junon, Jupin, et Mercure et l'Amour
Quittent les cieux d'où la guerre est bannie,
Et, descendus au terrestre séjour,
Vont réparer leur longue tyrannie.
Le prompt Mercure aux champs de l'Ionie

S'offre déjà pour guide au roi d'Argos.
Junon atteint Erynnis sur les flots,
Sa voix commande; et la fille barbare
En murmurant se replonge au Tartare.
Flottante au loin sur l'abîme des mers,
Dans son effroi la génisse s'égare.
Elle aperçoit, voltigeant dans les airs,
L'Amour léger que couronne la rose;
En souriant, pour guide il se propose.
Io se trouble, et craint le Dieu pervers.
Mais quoi! sans guide au sein du gouffre immense,
Comment prévoir, éviter les dangers?
Elle le suit. Sa propice influence
Rend aussitôt ses élans plus légers.
Un doux Zéphir a remplacé Borée;
L'air est plus pur, l'onde plus azurée,
Et la génisse ose espérer encor.
Bientôt du sein de la liquide plaine

Sort à ses yeux une plage lointaine.
Reine des mers, des cités souveraine,
Là, près du Nil, Canope offre son or, (3
Et ses palais et ses temples antiques;
Là, Cupidon va borner son essor;
Là, vont céder tes destins tyranniques,
Jeune victime! elle arrive, et déjà
Un peuple immense et l'entoure et se presse,
Qui, consolant les maux qu'elle éprouva,
Proclame Io sa reine et sa déesse.
Conduite en pompe en de vastes parvis,
A chaque instant sa surprise redouble.
Tout brillant d'or et sur un trône assis,
A ses regards se présente Osiris:
L'amant timide et la voit et se trouble.
Le roi des dieux est auprès de son fils;
Des immortels la foule l'environne.
Le roi d'Argos, par Mercure introduit,

Voit Osiris, son sceptre, sa couronne,
Revoit sa fille, et, plein d'espoir, s'étonne
Du charme heureux qu'un moment a produit.
Mais Jupiter s'est levé : le silence
Règne aussitôt dans l'assemblée immense,
Et la génisse attire tous les yeux.
Le dieu vers elle en méditant s'avance ;
Trois fois sa main flatte avec complaisance
Le corps d'Io, qui, sous ses doigts heureux
Dépouille alors le quadrupède énorme,
Change de traits, d'attitude et de forme,
Renaît enfin digne du rang des dieux.
Elle renaît : sur sa bouche de rose
Est le souris de l'aimable candeur ;
De son beau sein, que voile la pudeur,
Le doux albâtre a gonflé la rondeur ;
Timide, hélas ! l'embarras que lui cause
L'empressement d'un peuple admirateur,

Couvre ses traits d'une vive rougeur.
Son œil surpris parcourt ses nouveaux charmes;
Et vainement elle cherche en alarmes
La double corne, opprobre de son front,
Et dont les flots lui reprochaient l'affront.
Prête à parler, une crainte secrette
Vient l'arrêter : si sa bouche muette
Allait encor mugir comme autrefois !
Pour se convaincre, elle adoucit la voix,
Prononce un mot tout bas, et, satisfaite,
Avec transport plusieurs fois le répète.
  Tout rend hommage à ses divins appas.
Long-temps muet de surprise et de joie,
Son père en pleurs la presse dans ses bras.
Son jeune amant, à la douleur en proie,
Trahi par elle, excuse ses erreurs,
Oublie enfin qu'elle fut infidelle :
Est-on coupable après tant de malheurs ?

Est-on coupable alors qu'on est si belle ?
Est-on coupable alors qu'un dieu trompeur
Vint abuser un cœur sans méfiance ?
Mais Osiris, déçu par l'apparence,
Mais Inachus, ignorent que ce cœur
En succombant conserva l'innocence.

Pour éclaircir un doute accusateur,
Jupin se lève, et dit : « Je fus coupable.
» Mais de vos maux sachez quel est l'auteur :
» Ce n'est pas moi, car j'en suis incapable ;
» C'est, je le dis, ma femme que voilà.
» J'ai quelques torts : si Junon fut cruelle,
» Moi, sans pitié, je lui fus infidèle,
» Et c'est toujours très mal. Laissons cela ;
» Mon cœur enfin va soupirer pour elle,
» Je l'ai promis, ainsi ne craignez plus.
» Console-toi, cesse, heureux Inachus,
» De déplorer l'honneur de ta famille :

» Cet honneur pur serait-il compromis ?
» Le grand Jupin fut l'amant de ta fille !
» Qu'en récompense elle épouse Osiris.
» Oui, partagez l'éclat qui l'environne,
» Io. Du haut des célestes lambris
» J'ai tout conduit, je veillais sur mon fils,
» Et c'est pour vous qu'il obtint la couronne.
» Régnez enfin : que sous le nom d'Isis (4
» Dès ce moment l'Egypte vous honore ;
» Qu'un jour tous deux l'Egypte vous adore.
» De vous doit naître un successeur fameux, (5
» Noble guerrier que la gloire réclame :
» Pour toi, mon fils, quel destin glorieux !
» Ce roi héros, cet enfant de ta femme,
» Dont l'univers redira les exploits,
» Cher Osiris ! c'est moi qui suis son père !
» Et tu pourras le nommer ou ton frère

» Ou ton enfant, je t'en laisse le choix. »

A ce discours, qui n'est pas du tout bête,
Le front d'Io se couvrit de rougeur.
Son Osiris, confus, baissa la tête;
Il se serait passé de tant d'honneur :
En débutant il se voit déjà père;
C'est-là sans doute un destin assez beau;
Mais cet enfant, dont on lui fait cadeau,
Il eût bien pris la peine de le faire.

Enfin l'hymen vint couronner leurs feux.
Pour honorer la nouvelle déesse,
On célébra ces mystères fameux,
Scènes d'amour, échange de tendresse,
Où les amants, loin des profanes yeux
Semblaient avoir commerce avec les dieux,
Quand ils volaient aux bras d'une maîtresse.

Après la fête, assis pompeusement,

L'Olympe entier partit sur une nue.
Le soir Jupin très maritalement
Avec Junon signa la paix conclue,
Et toutefois il tint peu son serment.
Io dès lors pour lui devint rebelle.
Il délaissait sa jalouse moitié,
Venait languir auprès d'une cruelle,
Et ses soupirs faisaient vraiment pitié;
Mais s'il trompa sa crédule jeunesse,
Moins confiante, elle combattit mieux;
Son Osiris eut toute sa tendresse;
Le souvenir de ses revers affreux
Contre l'Amour préserva sa faiblesse;
Et chaque instant retraçait à ses yeux
L'indigne aspect de la vache fatale,
Et le courroux de la reine des dieux,
Et les serpents de la fille infernale.

Que de beautés, après le premier pas
A leurs désirs ne mettant plus de bornes,
Eussent bravé, dans un semblable cas,
Et la furie, et Junon, et les cornes!

FIN DU CINQUIÈME ET DERNIER CHANT.

NOTES

DU POËME D'IO.

1) PAGE 9, VERS 18.

. . . . . . Ce roi dont la main bienfaisante
Fonda les murs de la fameuse Argos.

Inachus s'établit dans l'Argolide, avec sa colonie égyptienne, 1970 ans avant Jésus-Christ.

2) PAGE 112, VERS 11.

Là, sous des rocs, dans la nuit, ignorées,
Trois vieilles sœurs, les dangereuses Grées.

« Lorsque tu auras franchi la mer mugissante, passé » le détroit qui sépare les deux continents, tu t'avanceras » vers les portes lumineuses du soleil, jusqu'à ce que tu » arrives aux champs Gorgoniens de Cisthinie, où de» meurent les vieilles filles de Phorcys, trois sœurs au » visage de cygne, qui n'ont qu'une dent, qu'un œil en

» commun, et que jamais n'ont aperçues ni la lune ni le » soleil. Près d'elles sont les trois autres sœurs, les Gor- » gones ailées dont la tête est hérissée de serpents. Abhor- » rées des humains, nul mortel ne les envisage sans ex- » pirer à l'instant : je t'avertis du péril. Mais voici un » spectacle effrayant : ce sont les griffons à la gueule poin- » tue, chiens muets de Jupiter : il faut t'en garantir. Fuis » aussi ces guerriers privés d'un œil, les Arimaspes tou- » jours à cheval, habitants des rives du Pluton qui roule de » l'or dans ses flots. »

(ESCHYLE. *Trag. de Prométhée enchaîné. Traduction du P.* BRUMOY).

3) PAGE 121, VERS 3.

Là prés du Nil, Canope offre son or,
Et ses palais et ses temples antiques.

Canope, aujourd'hui Rosette.

« Près des bouches du Nil, est la ville de Canope. C'est » là que te flattant d'une main caressante, Jupiter, par » son seul toucher, te rendra la raison. Le noir Epaphus, » dont le nom rappellera cet attouchement, naîtra de toi. » Sa cinquième génération sera les cinquante Danaïdes. »

(*Même Tragédie*).

4) PAGE 125, VERS 8.

Régnez enfin : que sous le nom d'Isis
Dès ce moment l'Égypte vous honore ;
Qu'un jour tous deux l'Égypte vous adore.

Les Égyptiens regardaient Osiris et Isis comme frère et sœur, mari et femme, les deux sexes de la nature. Orus ou Horus (la sagesse humaine), était leur fils.

On verra par le passage suivant, que la déesse Isis nous est moins étrangère que nous le pensons communément.

« Isis était adorée dans les Gaules sous son véritable « nom ; elle présidait particulièrement à la navigation, et » les Suèves la représentaient sous la forme d'un vaisseau. » Quelques étymologistes pensent que le nom de Paris » était dérivé de deux mots grecs qui signifient *proche » d'Isis*. Cette déesse était en effet regardée comme la » protectrice de Paris. On croyait qu'elle y était venue » sur un vaisseau ; et c'est la raison pour laquelle cette » ville avait un vaisseau pour arme.

» Le temple d'Isis était situé dans l'endroit où est au- » jourd'hui l'église de l'Abbaye de Saint-Germain-des- » Prés. Lorsque la religion chrétienne fut établie en France, » ce monument de l'idolâtrie fut démoli. Le roi Childeric » fit bâtir sur ses ruines une église sous l'invocation de » Saint Vincent, qui est aujourd'hui celle de l'Abbaye de

» Saint-Germain. Les prêtres d'Isis demeuraient à Issy. » On voyait encore, au commencement du dix-septième » siècle, les ruines du château où ils faisaient leur séjour. » Les revenus du territoire et du fief d'Issy leur étaient » assignés pour leur subsistance. Lorsque le temple fut » détruit, Clovis donna ce revenu à l'église de Saint-Pierre » et Saint-Paul, qui est aujourd'hui celle de Sainte-Ge- » neviève. On a conservé long-temps dans un coin de l'é- » glise de Saint-Germain-des-Prés la statue d'Isis; mais » quelques femmes simples et superstitieuses s'étant avi- » sées de faire brûler des cierges devant cette idole, le » cardinal Briçonnet, abbé de Saint-Germain-des-Prés, » la fit mettre en pièces pour prévenir cet abus. »

(DICTION. HIST. *des cultes relig. établis dans le monde*, *article* ISIS).

5) PAGE 125, VERS 11

De vous doit naître un successeur fameux,
Noble guerrier que la gloire réclame.

Épaphus, roi d'Égypte et grand conquérant. On croit qu'il bâtit la ville de Memphis. Il eut dans son enfance une querelle avec Phaëton, auquel il reprocha de n'être pas fils de Phébus. On sait comment Phaëton périt en voulant lui donner des preuves de sa haute origine.

POÉSIES FUGITIVES.

POÉSIES FUGITIVES.

DIALOGUE DES MORTS,

SUR LA SATYRE.

SUJET DONNÉ PAR UNE SOCIÉTÉ LITTÉRAIRE.

BOILEAU, CHAPELAIN.

CHAPELAIN.

Croyez-en franchement, cher Boileau, mes accents :
Plus aucune rancune ici-bas je ne sens.
Nous fîmes sur la terre une guerre très vaine ;
Et la terre quittant il faut quitter la haine.

12..

Mais, dites-moi, comment et par quel fatal sort
Vos jours ont vu leur cours tranché par rude mort.
Je crains que quelque auteur, fort peu d'humeur de rire,
N'ait sur le satyrique enfin puni Satyre.

BOILEAU. (*A part*).

Grands Dieux! de mes péchés quel affreux châtiment!
Chapelain et son style! essuyons ce tourment.
(*Haut*).
Rassurez-vous, ma fin n'a pas été tragique,
Je suis mort dans mon lit. Mon humeur satyrique,
Il est vrai, m'exposa là-haut à maint danger;
Et mes doctes rivaux, ardents à se venger,
M'ont prouvé que souvent on fait bien de se taire.
Mon crime était énorme: et ma critique austère
Exigeait des auteurs, par un zèle importun,
Que toujours leurs écrits eussent le sens commun;
Ou bien que, revenant d'un funeste délire,
La raison les guérît de la fureur d'écrire.

CHAPELAIN.

Eh bien, vous aviez tort, je vous le dis, mon cher:
A critiquer autrui l'homme doit-il chercher?
Il faut que tout auteur toujours de sa Muse use,
Et de sa Muse usant, en même temps s'amuse.
Qui pourrait la critique endurer froidement?
J'en fus fort fâché, moi, j'en conviens franchement.
Quoi! pendant quarante ans, tiraillant ma cervelle,
Je compose, polis, repolis la Pucelle,
Et quand enfin je fonde en un si long labeur,
L'espoir toujours flatteur d'obtenir quelque honneur,
Vous renversez d'un trait mon pénible édifice!
C'est d'ailleurs à mon gré très gratuite malice:
Car en perdis-je moins, à rimer, mon latin?
La fureur de prêcher quitta-t-elle Cotin?
Convenez avec moi que la satyre est vaine.

BOILEAU.

Doucement, s'il vous plaît: je conviendrai sans peine

Que la Satyre en vain prétendrait corriger
Un fat qui vient sans honte en auteur s'ériger;
Ce n'est point là son but; mais ce qu'elle doit faire,
C'est de flétrir ce fat d'une chute exemplaire,
Afin qu'un jeune auteur prudemment circonspect,
Aborde le Parnasse avec plus de respect.
Sage arbitre du goût, elle en prend la défense,
Du mauvais et du bon règle la différence,
Répand le ridicule, et ses efforts heureux
Empêchent qu'on n'usurpe un succès dangereux.
Sans elle trop souvent la raison éplorée
Loin du sacré vallon languirait ignorée.
On a vu mille fois un poète insensé
Par la foule des sots follement encensé;
Et des erreurs du goût telle est la conséquence,
Qu'un jeune débutant, privé d'expérience,
Sur le nom trop fameux d'un misérable auteur,
Peut choisir pour modèle un talent imposteur.

C'est dans un tel danger que la Satyre armée
Combat d'un vain écrit la fausse renommée,
Dessille tous les yeux, et, vengeant Apollon,
Sur un trône usurpé rétablit la raison.

CHAPELAIN.

Possible est qu'à propos la Satyre, au Parnasse,
Aux petits rimailleurs ait fait quitter la place:
Possible est que vos vers aient servi les neuf sœurs,
Et les neuf sœurs servant aient servi les auteurs:
Mais vous auriez rendu bien plus ample service,
Si bâti vous aviez un plus ample édifice;
Si vous eussiez su mettre à quelque grand labeur
Tout le temps que vous prit la satyrique aigreur:
Si bondi vous aviez dedans la voie épique,
Ou roulé plein de pleurs dans l'arêne tragique.
C'est par-là qu'un auteur, se faisant grand honneur,
Sert d'exemple au lecteur et fait notre bonheur.
Que ne travailliez-vous au genre dramatique!

BOILEAU.

Chacun a son talent: j'adoptai la critique,
Et ne montrai jamais la folle ambition
De vouloir tout tenter sans modération.
Je plains un écrivain qui, sortant de sa sphère,
Fuit les sentiers connus que sa Muse préfère:
Respirant un autre air dans un climat nouveau,
Son génie étranger n'y trouve qu'un tombeau.
Mais je vois à regret votre ame prévenue
Rabaisser la Satyre utile et méconnue.
Sans doute en un bon drame un poète savant
Peut donner des beautés un exemple excellent;
Mais quoi! l'exemple seul pourrait-il donc suffire?
Dans le métier ingrat de rimer et d'écrire,
Mille obstacles toujours viennent se présenter;
C'est en connaissant l'art qu'on peut les surmonter.
La Satyre l'enseigne: et sa docte malice
En frondant les défauts montre le précipice;

Elle corrige, instruit, et c'est en amusant.
Dans ses sages leçons, prenant le ton plaisant,
A l'utile toujours elle joint l'agréable.
Eh! qui pourrait nier combien elle est aimable?
Vous, peut-être : et ses traits, son indiscrétion...

CHAPELAIN.

Non, je mets de côté toute prévention.

BOILEAU.

Je suis loin d'exiger un si grand sacrifice:
Et je ne veux de vous que la moindre justice.
Tout homme a pour l'orgueil un penchant malheureux
Qui malgré soi l'entraîne, et le rend envieux.
Tout succès nous déplaît : le mérite d'un autre
Semble devoir toujours atténuer le nôtre.
Or ici, la Satyre abaissant les auteurs,
Doit flatter l'amour-propre, et doit plaire aux lecteurs,
Nous sommes faits ainsi. Dites avec franchise
Si lorsque votre nom, soit oubli, soit méprise,

N'était point dans mes vers, vous n'aimiez pas à voir
Que défenseur du Pinde, et ferme en mon devoir,
Je savais réprimer ces sots de qui l'audace
Prétendait sans talent régner sur le Parnasse ?

CHAPELAIN.

Il est sûr que des vers et malins et plaisants,
Doivent chez les mortels avoir des partisans.

BOILEAU.

Et n'imaginez pas que, faiblement utile,
La Satyre se borne à l'emploi trop futile
De railler, de proscrire un auteur ennuyeux :
Elle sait quelquefois, d'un ton plus sérieux,
Démasquer un coupable, et confondre le vice ;
Ou bien, brûlant de rendre un plus noble service,
Elle osera porter ses regards pénétrants
Jusque sur la conduite et les fautes des grands ;
Et les faisant rougir d'une action infâme,
Au sentier des vertus fera rentrer leur ame.

Mais je vous laisse, adieu : durant l'éternité,
Ce point aura le temps d'être au long discuté.
Au désir le plus vif mon ame est toute entière :
Et je cours embrasser et Racine et Molière.
(*Il sort*).

CHAPELAIN (*Seul*).

Viendront-ils donc ici par les plus moqueurs vers
Nous ridiculiser jusque dans les enfers ?
Ce diable de Pluton, à ces langues maudites
A-t-il pu donc donner d'aussi fortunés gîtes ?
Pour avoir fait durs vers, subir tant dur destin !
Mais enfin, patience! allons trouver Cotin.

BOUQUET

*A Madame Adèle D***, le jour de sa fête.*

Je voudrais bien, madame Adèle,
Vous rimailler un bout de compliment,
Où de mon amitié fidèle
Je vous exprimerais les vœux bien gentiment;
Mais quand je pense à vous, voilà que ma cervelle
Va tout je ne sais trop comment,
Et je ne suis plus maître d'elle.
Je voudrais bien aussi vous offrir quelque fleur,
Pour vous prouver que je connais l'usage;
Mais les frimas ont déjà fait ravage;
La nature est en deuil et ressemble à mon cœur.
Vous connaissez l'ânon de très lourde mémoire

Qui voulant imiter d'un chien des plus mignons
Les jolis tours, les caresses, les bonds,
Et comme lui mériter des bonbons,
En caressant cassait une mâchoire.
Tel Aquilon pour imiter Zéphir
Et courtiser dans l'empire de Flore,
Brutalement se livrant au plaisir,
D'un lourd baiser vient ici défleurir
La tendre rose à sa première aurore.
Je n'ai ni compliment, ni fleurs à vous offrir.
Mais si le vieux Destin, calmant un jour sa bile,
Voulait écrire en encre indélébile
Sur son in-folio poudreux
L'arrêt de mon retour heureux;
Inspiré par votre présence,
Je volerais cent fois au haut de l'Hélicon,
Dût Pégase essoufflé crever sous l'éperon.
Et quant aux fleurs, je les promets d'avance:

On en fait naître sous les pas
De biens des gens qui ne vous valent pas.
Jamais auprès de vous je n'en serais en peine.
Et lorsque Sainte-Adèle en haut s'aviserait
De reparaître sur la scène,
Alors, composant un bouquet
Des plus beaux ornements de Flore,
Dès le matin j'irais vous en munir;
Et n'aurais pas du moins le cruel déplaisir
De venir tristement vous répéter encore:
Je n'ai ni compliment ni fleurs à vous offrir.

ÉPIGRAMME.

DAMIS ! de vos écrits maint censeur intraitable
A dit beaucoup de mal ; mais qu'importe ? on sait bien
Que la postérité, juge plus équitable,
N'en dira rien.

ELNOR.

J'aimais, je ne pouvais le dire.
De mon amour interprète indiscret,
Un billet part. L'objet de mon délire
Et deux autres beautés apprennent mon secret.
Oui, trois m'ont lu : j'en avais assez d'une.
Par surcroît d'infortune,
Sur mon billet chétif toutes portent la main,
Et mon poulet est en pièces soudain.
O vous qui de ma jeune amie
Suiviez les pas,
Dites, pourquoi cette rage ennemie ?
A ces blancs vêtements qui couvraient vos appas,
Mon ame s'affranchit d'une crainte frivole ;
Et je me disais ; le symbole

Qu'adopta la douce candeur,
Ne peut cacher et le fiel et l'aigreur.
Je m'abusai : votre austère pudeur
De mon timide aveu prit pour elle l'offense;
De ses soupirs, de sa souffrance
Vous fîtes un crime à mon cœur.
Mais il faut à vos yeux, que je me justifie :
Je ne méritai point ce violent courroux;
J'en fais serment, non, jamais de ma vie
Mon cœur ne soupira pour vous.
C'est toi qui reçois ses hommages,
Toi, simple et modeste beauté
Qui de tes compagnes sauvages
Paraissais à regret partager la fierté.
Au sein des prés fleuris en vain la Pâquerette
Étale avec orgueil son calice argenté,
Privé de grâce et de suavité.
Aimable avec simplicité,

Une odorante violette
Fixe du voyageur le regard enchanté.
De cette fleur modeste Elnor offrait l'image;
Ses vêtements en offraient la couleur.
Seule elle sut fixer mes regards et mon cœur.
Repousserais-tu mon hommage,
Elnor? pourquoi t'en alarmer?
Si c'est un crime de t'aimer,
Tu dois en accuser tes charmes trop aimables.
Mais non, contre les cœurs qu'ils sauront enflammer,
De courroux ne vas point t'armer:
Tu trouverais trop de coupables.

NAÏVETÉ.

L'ORGUEILLEUX Dorival, ce héros de ruelle,
Qui, dédaignant les faciles exploits,
Attaque, nous dit-il, toujours la plus cruelle,
Après les longs ennuis d'une flamme éternelle,
Hier enfin a soumis à ses lois
La jeune Elmis, plus naïve que belle.
« Quand viendrez-vous me revoir, lui dit-elle!
» — Je n'en sais rien : vingt beautés
» Veulent m'avoir sans cesse à leurs côtés :
» Le lundi je vais voir Corinne ;
» Le mardi, mercredi, Dorimène et Chloë;
» Les jours suivants, Zulmis, Clara, Zoë ;

» Le dimanche... est vacant... oui; je vous le destine.
» — Le dimanche ! répond la trop sincère Elmis,
» Oh ! je n'ai pas une heure en toute la journée :
» Et ce jour-là, depuis plus d'une année,
» Je reçois en secret Delcourt, Jule et Volnis. »

LE RENDEZ-VOUS.

Romance.

Au fond du bois j'ai devancé le jour.
Viens, Zoë! cède à mon impatience.
L'Amour t'appelle, obéis à l'Amour.
Mais quoi! partout règne un profond silence.
Le loup hurlant répond seul à ma voix.
O ma Zoë! qui te retient encore?
Avant le jour viens au fond de ces bois,
Crains mes rivaux, et ta mère, et l'aurore.

Dieux! la voilà dans mes bras amoureux!
Des loups cruels elle a bravé la rage.
La nuit est sombre et le ciel orageux,
Elle a bravé la nuit sombre et l'orage.

Entends gronder le tonnerre lointain!
Pour nous le ciel, qui s'obscurcit encore,
Trompe en voilant les clartés du matin,
Et mes rivaux, et ta mère, et l'aurore.

Eh quoi! déjà t'arracher de mes bras!
Ah! si tu fuis laisse-moi l'espérance.
Mon tendre cœur ne t'abandonne pas;
Mon œil au loin cherche encor ta présence.
Le jour blanchit le sommet des coteaux,
Crains une mère, ô beauté que j'adore!
Crains les regards de mes jaloux rivaux,
Et les clartés de l'indiscrète Aurore.

M. DE B***, A SON FILS.

Approchez-vous, mon fils, ne m'interrompez point,
Et souffrez qu'avec vous je traite certain point.
Je vois avec douleur que votre ame se livre
A des arts dangereux : toujours dans un vain livre
Que mon goût plus utile abandonnait aux vers,
Vous allez follement apprendre l'art des vers.
Déjà vous composez ; déjà dans maintes pièces
On a vu la raison par vos soins mise en pièces ;
Et vous vous promettez, en rimant mal ou bien,
D'acquérir dès l'abord de la gloire et du bien.
Prétendez-vous sans cesse agir de telle sorte ?
Faut-il que du bon sens votre esprit toujours sorte ?

Et ne craignez-vous point, pour vous rendre plus mûr
Que je ne vous entoure à la fin d'un bon mur ?
Aveuglement fatal ! l'amour que je vous porte,
Aux honneurs, aux profits vous ouvrait une porte;
Bientôt, si votre sens avait été plus droit,
Utilement instruit, affermi dans le droit,
Et vendant votre esprit au louis d'or la page,
Vous auriez pu chez vous avoir laquais et page,
Goûter mille plaisirs, n'épargner aucun frais,
Dormir tout votre soûl, manger chaud, boire frais,
Et du bonheur enfin atteindre un jour le faîte.
Mais non, à ces calculs votre tête peu faite,
Veut, dans ses beaux projets, faire au siècle présent,
De quelque épais volume un très mince présent.
Hélas! à la misère une Muse livrée,
Pour vivre prend souvent la bèche ou la livrée.
Souvent, faute de mieux, un poète peu fin
Va faire à l'hôpital une funeste fin.

Suivez une carrière à votre ame si chère ;
Mais retenez ceci, mon fils : la bonne chère
Jamais d'un maigre auteur ne flatta le palais ;
Et les chapons du Mans se mangent au palais.

FIN.

TABLE DES MATIÈRES.

FIN DE LA TABLE DES MATIÈRES.

www.ingramcontent.com/pod-product-compliance
Ingram Content Group UK Ltd.
Pitfield, Milton Keynes, MK11 3LW, UK
UKHW021106290826
14628UKWH00014B/782

9 782329 576329